ファン文庫

TearS

卒業式であった泣ける話

JN109382

株式会社 マイナビ出版

TearS

CONTENTS

春告草の式日

沖田円

姉は老梅のような人だ。

何事にも動じず穏やかで、自己を主張せず、仏のような精神で周囲を静かに見守る。常に微笑みを絶やさず敵をつくらず、他者のために動き、自分を顧みない。私を含め親しい人のほとんどは、彼女にそんな印象を抱いている。

老梅、とは少々よく言い過ぎた。要するに心が老け込んでいるのである。仮に姉が人生を謳歌しきったおばあちゃんであるならば構わないのだろうが、至って健康な二十九歳なのだ、いくらなんでも人生を達観するには早すぎる。

そのくせどうしようもないのが、今の私の年齢よりも若い十代の頃から、私の姉——季夜《きよ》ちゃんは、すでにこんなふうだった、ということである。


「紗和《さわ》ちゃんが来てくれて助かったよ」

縁側で庭を眺めているると背中越しに声がかかった。振り返らずにいた私の隣に季夜ちゃんが腰を下ろす。近くの自販機で買って来たらしいペットボトルのお茶を差し出されたから、「ありがとう」と言って受け取った。

「お日様が当たっててあったかいねえ」

「最近急にあったかくなってきたよね」

「うんうん。もう春だね」

五百ミリリットルのペットボトルを三分の一ほど一気に飲んだ。三月の陽気と労働の疲れとで、のどを通る冷たさが心地よかった。

前髪を掻き上げる。額はほんのりと汗を掻いている。水道とガスはまだ止めていなかっただろうか。最後にシャワーでも浴びてから帰りたい。

「季夜ちゃんごめんね、結局今日しか来られなくて」

殺風景な庭を見下ろしながら言った。他に何もなくなった庭でぽつりと立つ梅の木は、まるで忘れ去られた世界で終わりを待っているように見えた。

「言ったでしょ、紗和ちゃんが来てくれて助かったって」

「でももうほとんど片付いてたじゃん。荷運びくらいしかしてないんだけど」

「ひとりじゃ大変だったから十分。紗和ちゃんは力持ちで、頼りになるよねえ」

「まあね。嫌な奴がいたらいつでも倒せるように、しっかり鍛えてるから」

ぐっと伸びをしてから両手を後ろに突いた。息を吸うと、青臭い草の匂いの中に、かすかに梅の花の香りも混ざっていた。

「本当はもっと手伝いたかったんだけど、やらなきゃいけないことが多くて」

「昨日が卒業式だったんだもん。就職の準備もあるし、当然だよ。あ、そうだ、卒業式行けなくてごめんね」

「いいよ。私の友達だって親が来てる子ひとりもいなかったんだから」

「でも行きたかったなあ。だって大事な日でしょ」

確かに、大学の卒業式は大事な日ではあったけれど。ただ、季夜ちゃんが思っている意味と、私が抱いている意味は、たぶん少し違う。

「それにしても、紗和ちゃんがもう社会人とは。早いねえ」

しみじみと季夜ちゃんが呟《つぶや》く。身なりも姿勢も若々しく綺麗なのに、その言い方は妙に年寄り臭い。

「初任給で季夜ちゃんに何かプレゼントしてあげる。欲しいものはある？」

「ええ？　初めてのお給料なんだから、紗和ちゃんの好きなものに使いなよ」

「季夜ちゃんだって働き始めたとき、私にお財布買ってくれたじゃん。そのときのお返しだよ」

そうだなあ、と季夜ちゃんは鼻の先を空に向けた。私はのんびりと浮かぶ雲を眺める、朗らかな横顔を見ていた。

私と季夜ちゃんは、よく似ていると言われる。でも私は、私と季夜ちゃんが似ているとは思わない。

「紗和ちゃんから贈り物を貰えるって思ったら何を貰っても嬉しくなっちゃって、なかなか思いつかないな」

季夜ちゃんはへらっと笑いながら答えた。相変わらずだな、という感想は口には出さなかった。

「お給料入る日までに決めておいてよね」

「うん」

「でも洗剤とかトイレットペーパーとか、そういう生活用品は駄目だよ。趣味で使うものにしてね」

わざわざこんなことを注意する理由は、季夜ちゃんに前科があるからに他ならない。私は、いつかの誕生日プレゼントとして詰め替え用のシャンプーとリンスを要求されたことを、けして忘れてはいないのだ。

「ふふ、わかってるよ」

私がいまだに根に持っているのを知ってか知らずか、季夜ちゃんは春の陽気よりも穏やかな顔つきをしている。

晴れた日曜の昼下がり。

どこからか、子どもの笑う声がする。

「のどかだねえ」と季夜ちゃんが言った。

「そうだね」と私は返事をした。

「私ね、紗和ちゃんとこの縁側で庭を見ながらのんびりお喋りするの、大好きだったんだ」

季夜ちゃんはいつもと変わらない表情を浮かべながら、私がとっくに知っていたことを口にした。

とっくに知っていたから、もっと早くにここへ帰って来てあげたかった。でももう何を言っても仕方がない。過ぎた時間は戻って来ない。季夜ちゃんとこの縁側で並んでお喋りできるのは、何がなんでも今日で最後になる。

私たち姉妹は、生まれ育ったこの家と、今日でお別れをする。

私や季夜ちゃんよりもずっと年上のこの古い一軒家。私が大学に進学するために出て行ってからも、季夜ちゃんがひとりで住み続けたこの家は、間もなく取り壊され、他の人の住む家が建つ。

今日、季夜ちゃんの引っ越しが済めば、私たちはこの家とさよならをする。

「あっという間だった気がするねえ」

間延びした季夜ちゃんの呟きに、私は返事をしなかった。だって私にはとても長い日々だったから。ようやくだ。やっとこの日が訪れた。

私はずっとこの日が来るのを――私が大人になる日を、待っていた。

十二年前、両親が交通事故で亡くなった。突然親を失った私たち姉妹は、けれど天涯孤独とはならず、近くに住む親戚のもとに身を寄せることとなった。

親戚の一家は皆優しく、私たちを快く受け入れ世話をしてくれた。両親を失った悲しみでしばらくまともな生活を送れずにいた私は、身近な人たちのおかげでなんとか心を保ち、やがて元どおりの日常を取り戻していった。徐々に笑い、怒り、ごはんを食べて学校に通い、友達と遊ぶようになった。

身内はそんな私を見て安心した。けれど、両親を亡くしたことで空いた穴は、完全に塞《ふさ》がることはなかったようだ。

私は時々、夜中に泣き出すようになった。「帰りたい」と泣き喚《わめ》く私を落ち着かせることができたのは、ただひとり、季夜ちゃんだけだった。

親戚がよく言っていた。季夜ちゃんはよくできたしっかり者だね、と。

その言葉どおり、長く塞ぎ込んでいた私と違い、季夜ちゃんは両親の葬儀のときから毅然とした態度で周囲の人に応じていたし、親戚の家に移ってからも、役に立たない私の分まで積極的に手伝いをしていた。大人の言うことを聞き、常に笑顔を絶やさず、わがままも泣き言も言わなかった。

しっかり者だねと皆が言った。季夜ちゃんは心配いらないねと。私も両親の分まで季夜ちゃんに甘え、頼りにしていた。季夜ちゃんは私と違って大人だから、泣いたり落ち込んだりしないのだと、そう思っていた。

でも、少しずつ気づいた。季夜ちゃんは大人だったわけではない。大人にならざるを得なかったのだ。

私と同じように現実を受け止めきれず、何もかも不安だったはずだ。それでも泣くことをやめ、すべてを受け入れ、冷静で強い人間になるしかなかった。周囲の人たちに頼りながらも、ひとりでも生きられるくらいに心を成熟させるしかなかった。他でもない、妹である私のために。

季夜ちゃんが高校を卒業し就職するのと同時に、私たちは両親と暮らしたこの家に帰ってきた。自分たちの本当の家に戻った私はもう「帰りたい」と泣くことはなくなった。

季夜ちゃんは、私を一生懸命育ててくれた。大学に進学させてくれたし、私がひとり暮らしを始めてからは、私が断っても仕送りを欠かさなかった。

――紗和ちゃんが大人になるまで、私がしっかり守ってあげる。

だから紗和ちゃんは何も心配いらないからね、と、私が何かに迷うたび、季夜ちゃんはそう言った。笑顔で、そう言った。


さらさらと風が吹く。年中下げっぱなしの風鈴が鳴り、ああ、これも外さないといけないな、と顔を上げながら思う。

「季夜ちゃん、ごめんね」

なんとはなしに呟いた。本当は、絶対に今日言わなければいけないとずっと考えていたことだった。

隣に座る季夜ちゃんを見ると、季夜ちゃんも私を見ていた。なんのこと、と言いたげに目をまたたかせている季夜ちゃんは、やっぱり私とは似ていない。

「季夜ちゃんを泣かせてあげられなくて、ごめんね」

視線を逸《そ》らし、庭の梅の木を眺める。

両親が死んでから、私は季夜ちゃんが泣いたところを見たことがない。大雨が降っていた通夜の日も、その雨が嘘のように晴れた葬式の日も。泣かなかったはずがないのに。季夜ちゃんはけして私に涙を見せなかった。

どんなときも笑顔で、大丈夫だよと言うように、私を抱き締めてくれた。

「私が、季夜ちゃんの泣ける場所になれなくて、ごめん」

季夜ちゃんを老梅にしてしまったのは私だ。

そのことに気づいてから、私は季夜ちゃんが泣ける場所をつくろうと思った。季夜ちゃんが私を守ってくれる分、私も季夜ちゃんが心を緩められる場所でありたいと思った。

でも、そうはなれなかった。どうしたって私は甘えることしかできなくて、季夜ちゃんを包み込んであげることができなかったのだ。

だったらせめて、早く大人になって、季夜ちゃんを自由にしてあげよう。

季夜ちゃんが「私」という重荷を背負うことなく生きていけるように。自由に感情を吐き出し、我慢することなく、わがままを言うことも、泣くこともできるように。生き生きと咲く花であれるように。ずっと、そう思っていた。

「今まで辛《つら》いことばっかり押し付けてごめん。私はもうひとりで大丈夫だから。これからは、季夜ちゃんの好きに生きていいからね」

私はずっと、自分が大人になるこの日を待っていたのだ。

私が守られる立場を卒業し、ひとりの力で歩き始めるその日はつまり、季夜ちゃんが解放される日だから。

「ねえ、紗和ちゃん」

季夜ちゃんは少し間をあけて、私の名前を呼んだ。

「紗和ちゃんは、私のことが大事？」

「そりゃ、もちろん」

「じゃあ私以外にも、ずっと縁を持っていたいなって思う人はいる？」

なんの話だろうと思いながらも、頭に浮かんだ人の顔を数えてみる。

「まあ、少ないけど、何人かは」

「そうでしょう。自分にとってかけがえのない人が、どうしてたったひとりじゃないかっていうと、それぞれに役割が違うからだって私は思ってるの」

目を合わせると、季夜ちゃんはいつもみたいにほけっと笑い、空の匂いを嗅ぐみたいに顔を上げた。

「手を引っ張ってくれる人とか、傘を差してくれる人とか、ただ一緒に歩いてくれる人とか、そんな人たちが私にもいる。その中で紗和ちゃんはね、私を、私のありたい私でいさせてくれる人。紗和ちゃんがいてくれるから私は折れずに立っていられるの。背筋を伸ばして前を向いて、ちゃんと生きていこうって思ってこられたんだよ」

季夜ちゃんの横顔に、両親の葬式の日のことを思い出す。

よく晴れた日だった。両親が骨と灰になるのを待つ間、火葬場の駐車場の隅で、季夜ちゃんは私の手をきつく握り、空を見上げていた。

視線の先には何もない。それでも季夜ちゃんは背筋を真っ直ぐに伸ばし、空を見ていた。

大きく見開いた目には涙の膜が張っていたけれど。きつく噛み締めた唇も、私の手を握る小さく震えた指先も、今すぐ泣いてしまいそうだと言っているように思えたけれど。季夜ちゃんのまぶたはけして涙をこぼさなかった。

私の視線に気づいた季夜ちゃんは、今にも泣きそうな顔のままで笑って、紗和ちゃんがいてくれてよかった、と言ったのだ。

「私にとって、泣かないでいられる場所こそが、紗和ちゃんだったの」

空に向かっていた視線が戻ってくる。振り向いた季夜ちゃんの表情は、泣くのを堪《こら》えていたあのときとは違う、とても綺麗な笑顔だった。

「……私が季夜ちゃんのそばにいる意味は、ちゃんとあった？」

「紗和ちゃんは相変わらず優しいね。家族なんだから意味なんてなくてもそばにいていいと思うけど、そうだね、紗和ちゃんがいてくれると安心できるよ」

「私は、季夜ちゃんの重荷になってると思ってた。季夜ちゃんが泣きたいのを我慢させちゃってると思ってた」

「うん。紗和ちゃんは、ずっと私を心配してくれてたんだね。ありがとう」

微笑みながら、季夜ちゃんは左手で私のほほを撫《な》でた。

ほんの少しだけ冷たいその手の薬指には、銀色の指輪が嵌《は》められている。

「大丈夫だよ。泣ける場所は、ちゃんとあるからね」

明日、季夜ちゃんはお嫁に行く。私がひとり立ちする日を一緒に待っていてくれた、季夜ちゃんが安心して泣ける人のところへ。

ずっと手を繋いでふたりで歩いて来た私たちは、この場所を離れ、それぞれの道を歩いていく。

「季夜ちゃん」「なあに？」「ぎゅってして」

年甲斐もないお願いを、季夜ちゃんは迷いなく受け入れてくれる。自分よりも背の高くなった私を、小さい頃と変わらずに包み込む。

「紗和ちゃんはいつまでも甘えたさんだねえ」

「これで最後だよ。私もう、大人だから」

「大人か。ちょっと寂しいね」

「家族は、いつか離れていくものだから、仕方ないよ」

「離れても、いつまでも紗和ちゃんはお姉ちゃんの妹だよ」

季夜ちゃんの細い腕の中は、どこよりも安心できる場所だった。

そこから離れるのはほんの少しだけ怖いけれど。でも、きっと大丈夫。

だから安心して、自分の道を歩いて行ってほしい。

「誰より幸せになってね。お姉ちゃん」

老いた枯れ木なんかじゃなく、凜と美しい花を誇らしげに咲かせる人。

世界で一番優しい、私のお姉ちゃん。

「ふふ、わかってるよ」

開け放った古い家に風が通る。私たちはもうこの場所には戻ってこられない。

これからはここを目印に、自分の道を歩いて行く。

穏やかに光の差す庭で、繋いでいた手を離す。

梅の香は、新しい春を告げている。

その扉を開く

杉背よい

周りに誰もいないことを確かめて、岩永護《いわながまもる》は本を開いた。階段の途中に腰掛けていると、ページをめくる音だけがやけに響いた。転入してきたばかりの頃、護はこの場所に辿り着いた。教室にいても一人でいることが落ち着かず、部活にも入っていないので居場所がなかった。「こういうときは屋上だ」と思い、迷わずに向かったのだが、屋上への入口は施錠されていた。

「えー、屋上に行けないって……青春の邪魔！」

護はわざと「青春」などと自分には無縁の言葉を使ってみる。父親の仕事は転勤が多く、護は父の異動に伴って引っ越しを繰り返した。転校を余儀なくされ、満足に友達もできないうちにまた転校、などということもあった。

――どうせ今の学校にも卒業まで居られるかわかんないし、一人のほうが気楽でいい。

護は屋上へ続く階段で、放課後のひと時を一人で過ごすようになった。高校二年生の四月から転入して半年ほどを護はこの場所を頼りに過ごした。旧校舎で人通りがほとんどなく、安心して読書や音楽に没頭できるのだった。

その日はイヤホンを着けていて油断していた。護は自分の元に近付く足音に気付かず、突き刺さるような視線を感じて顔を上げた。

「何でここにいんの？」

そこには少し怒ったような顔をした同じクラスの武井雄馬《たけいゆうま》が立っていた。バスケ部のエースとして大活躍し、長身で外見も抜群に整っているクラスでも人気者の雄馬。護のような目立たない男子とはまったく接点がなかった。

「何でって――」

護は言葉に詰まったが、咄嗟《とっさ》に「そっちこそ、何でここにいるんだよ？」と問い返してしまった。すると雄馬は意外にも口ごもった後、「や、ずっとクラスん中いるのも疲れるし」とまたもや予想外のことを言った。

――疲れるって、意外。

護はこれまで話すこともなかった雄馬の本音に急速に親近感を抱いた。

「まぁ、部活もクラスも気が張るから。たまの息抜き。岩永は？」

「あー、僕は……部活もやってないし、すぐに家帰るのもなんか気まずくて、時間潰し」

護は自分でも驚くほど素直に質問に答えていた。雄馬もまた、そんな護を馬鹿にすることもなく、変に詮索するでもなく頷《うなず》いた。

「そっか」

雄馬は護の隣に座り、ぼーっと考えごとをしていたが、気持ちの区切りがついたのか、しばらくすると立ち上がって「じゃあ行くわ」と護に手を振った。

そんなきっかけで、突然護は雄馬という「屋上友達」ができたのだった。

「ここ、俺だけの場所のような気がしてたよ」

ある日、雄馬はスマホゲームをやりながら護に言った。護はもう雄馬という存在に慣れていた。「住む世界が違う」などとは思わなくなっていた。

「僕もちょっとそう思ってた。今までたまたま会わなかったんだね」

「ああ。俺は朝練の後とか、部活終わりの遅い時間が多かったし」

「そっか。僕は昼休みが多かったから……」

護は本を手にしていたが、雄馬に会う日はページが進まなくなってきた。雄馬と話をするほうが楽しくなっていたからだった。

「ここでちょっと休んで、気合い入れ直したり、キャラ設定し直したり、いろいろ整えてまた教室や部活に戻るんだよ」

屈託のない調子で話す雄馬は教室で見る完璧なキャラの雄馬とは別人で、護はいちいち驚いた。雄馬の新たな一面を知るのが嬉しくもあった。

――人気者にもそれ相応の苦労があるんだな。

雄馬と親しくなってみて感じた護の感想はそれだ。容姿に恵まれているとかリア充だとか勝手に距離を置いていた自分のほうが浅かったと護は思った。

「岩永ともあんまり話したことなかったけど、本とか漫画とか詳しいし、面白いよな」

護は悪意のない雄馬の口調にドキッとした。からかう意味ではなく「面白い」と言われたのは護にとって初めてだった。

「今は何の本読んでんの？」

雄馬が護の手元を覗き込み、護が説明しようとしたそのとき、足音が近づいてきた。護と雄馬は顔を上げると、同時に「あっ」と短く声を発した。

二人の前でピタリと立ち止まったのは、やはり同じクラスの女子、菊池《きくち》ゆりあだったのだ。ゆりあは強いまなざしで護を見つめる。

「意外。岩永くんと雄馬くん、仲がよかったんだ。でも、何でこんなところにいるの？」

ゆりあはクラスでも気が強いことで有名だった。言いたいことはなんでも言う。相手がクラスメイトでも先生でも忖度《そんたく》のないその姿勢は清々《すがすが》しくもあったが、言い方がストレート過ぎて傷つく生徒もいたし、女子とぶつかり合うことが多く、ゆりあは次第に一人でいることが増えてきていた。

雄馬とはまた違うタイプで目立つ存在のゆりあを、護はもちろん認識していた。いつゆりあから批判の言葉を浴びせられるかと怯《おび》えてもいたのだが、「あんなふうに思ったことを何でも言えたらな」と羨ましく思う気持ちもあった。

「菊池こそ、何でここにいんだよ」

雄馬が挑戦的な言葉をかける。ゆりあは眉をひそめた。

「はあ？　あたしは時々ここに来て用事を済ませてるの！　誰かに会ったことなんて今までなかったから」

ゆりあの言葉に、護と雄馬は顔を見合わせた。ここにも同志がいた、と護は思った。

「なーんだ、菊池も『屋トモ』か」

「屋トモ？　何それ」

雄馬はニッと笑って「屋上友達」と答えた。するとゆりあの顔から次第に緊張が消えていった。

「屋上って言っても入れないでしょ。正確には屋上の手前」

「細かいことはいいんだよ！　俺と岩永は『屋トモ』だからさ」

雄馬に言われ、護は何だかくすぐったい気持ちになった。ゆりあはしばらくじっと考えていたが、「じゃああたしも交ぜてよ」とまっすぐな声で言った。

ゆりあが興味を持つとは思わなかったので、護はぽかんとした。

「別に友達が欲しいわけじゃないけど、二人も知ってるでしょ？　あたしがクラスで浮いてるの」

自らハッキリとゆりあは言い放った。「そうだね」とも言いにくく、護は言葉を濁す。雄馬も黙っている。

「言った後、いつも『しまった』と思うんだよね。でも時すでに遅しなわけ。あたしも敵を作りたいわけじゃないんだけどさ」

ゆりあは客観的に自分のことを話した。ゆりあの本音に、護は雄馬の話を聞いたときと同じように驚いた。ゆりあには凛とした雰囲気があり、言いたいことを言ったとしてもそれは強すぎる正義感が故なのかと護は思っていたからだ。

——言いたいことを言う、っていうのも大変なんだ。

「いいよ、入れてやっても。な？　岩永」

おどける雄馬に「あんただけの屋上か」とゆりあはツッコミを入れ、誰からともなく笑い出した。

「屋トモ」にゆりあも加わり、護には一度に二人の友人ができた。

護、雄馬、ゆりあは三人ともこの場所に来ていたのに、これまで奇跡的に時間が重ならなかったらしい。護は三人で過ごす時間が好きになっていった。それほど段数が多くない階段の、一番上の段に雄馬が座り、ぼーっとスマホを眺めている。ゆりあは一番下の段で何か書き物をしている。護はその真ん中で本を広げたり、音楽を聴いたりしていたが、誰かが話し出すとそれにつられて話に夢中になった。趣味も性格もバラバラの三人のように思えたが、この場所では本心を隠さずに伝えることができた。

——クラスの中じゃ話せないと思ってたのに、不思議なもんだな。

護は本を閉じると、思い切って自分から話しかけた。雄馬もゆりあも護の話を聞いてくれた。

「菊池って、いっつも何書いてんの？」

ある日雄馬がゆりあのノートを指さした。ゆりあは少し動揺しながら「日記みたいなもの」と答えた。

「家だと、逆に書きにくいんだよね」

ゆりあの口調はいつになく歯切れが悪く、雄馬もそれ以上追求しなかった。だが護はそれが何故か心に引っ掛かった。

三人が「屋上友達」になってもうすぐ半年が経とうとしていた。このままいけば来月には三年生になる。それぞれが受験勉強で会える機会も減るのかもしれない。そう考えて護は複雑な気持ちになる。大丈夫、クラスも同じだしすぐ近くにいるじゃないか——護は不安な気持ちをそう考えて紛らわせた。

しかしある日、雄馬が何気ない口調で話し出した。

「俺、三年生になったら転校することが決まったんだ。このタイミングで父親が転職とかありえないよな」

雄馬は半分笑っていたが、護もゆりあも予想外の告白に固まってしまった。

「それって……遠いの？」

護が恐る恐る尋ねると、雄馬はそっけなく「九州だって」と答えた。雄馬の横顔は口調の明るさとは裏腹に沈んでいた。

「俺たちなんてさ、親の都合の前じゃどうにもならないんだよな」

その言葉が転校を繰り返している護には痛いほどわかった。どんなに気が進まなくても決められた場所に行かなければならない。そして離れたくないのに去らなければならない。護のほうが、卒業を前に転校するかもしれないと覚悟していたのに現実には護が残ることになってしまった。

するとそれまで黙っていたゆりあが静かに口を開く。

「実はあたしも、もうじき学校を離れるんだ。今まで言ってなかったんだけど、病気なんだよね」

ゆりあの口調もカラリとしていた。だから「病気」という重たい言葉の意味が護の頭の中で上滑りした。

「病気……？」

「そう。小さな頃からの持病、っていうのかな。ずっと通院はしてたんだけどあまり経過がよくなくて、長期入院して手術を受けることになったんだ」

ゆりあがそこで黙ると完全な沈黙が訪れた。ゆりあの病気の深刻さがようやく護にも伝わってきた。

「いつも書いてたノートね。体調や病気の心配事なんかをメモしてたの。なんかさ、こういうことって誰にも言えないし、何かに吐き出さないとやってけなくて……」

「そういうことは早く言えよ！」

雄馬がゆりあの言葉を遮る。ゆりあは驚いて目を見張っていた。

「そのとき吐き出したいことがあったら、俺たちに言えばいい」

ゆりあの表情が一瞬固まり、それからポロポロと涙をこぼした。護は雄馬がかっこいいと心から思ったし、二人に会えなくなる悲しみが次第に重くのしかかってくるのを感じていた。だが、咄嗟《とっさ》に護もためらいもなく言った。

「そうだよ。僕たち特別な友達じゃん」

ゆりあは慌てて涙を拭い、「ありがとう」と言った。

「屋トモ」は永遠に続くかのように護は思っていた。しかしある日突然、あまりにもあっさりと解散することになってしまったのだ。

そして、護だけが屋上へ続く階段に一人残された。雄馬とゆりあが去った後の一年間。護は今までのように意固地《いこじ》に一人で過ごそうとはしなかった。時には雄馬のように人を気遣って笑いを取ってみたり、勇気を出してゆりあのように毅然と発言したりした。護の中には雄馬とゆりあの存在が息づいていた。そのおかげで護には新しい友達ができた。遅すぎるスタートかもしれないが、それでもいいと護は独りごちた。

受験勉強の合間に、護は変わらず屋上へ続く階段を訪れた。そこで英単語を覚えたり、雄馬とゆりあに連絡をすることもあった。やがて受験を終え、護はどうにか第三志望の大学に合格した。雄馬からも九州の大学に進学するという連絡が入った。ゆりあは——順調に体調が回復したのでもう一度三年生として復学する予定だと報せが届いた。それぞれが新しい一歩を踏み出そうとしていた。

「あのさ、卒業式にそれぞれの場所からビデオ通話しないか？」

雄馬からそんなメッセージが届いた。「いいね」と護はすぐ返信し、ゆりあからも賛同の連絡が入る。

「久しぶりに、屋上に行く階段、見たいな」

ゆりあからのメッセージを見た途端、護の中に閃《ひらめ》くものがあった。

「オーケー。ばっちり撮るから任せて」

護は二人に返信すると、目的の場所へ向けて廊下を駆け抜けていった。


卒業式当日。護、雄馬、ゆりあはそれぞれスマホの前に緊張した面持ちで立っていた。これから三人、離れた場所で卒業式を一緒に過ごす。

「せーの!!」

三人同時の掛け声でビデオ通話が開始される。

「久しぶり!」

新しい学校を背にして笑っている雄馬。

「変わんないね」

病室の窓辺と思われる場所にいる、思ったよりも元気そうなゆりあ。

そして護が映ると、雄馬とゆりあは同時に声を上げる。

「おーい、雄馬!　菊池!」

護が手を振ると、雄馬とゆりあからは「どこにいるの？」「どこだよ」と同時に声が上がる。護は自分の周辺をぐるりと映すと、ドヤ顔で笑ってみせた。

「ここ？　屋上」

護は職員室に走り込み、事情を話して特別に鍵を開けてもらったのだった。重い扉が開かれ、光の下へ放たれると——そこは、期待に反して何もない屋上だった。護はまたスマホの向きを変え、屋上からの眺望を二人に見せる。何の変哲もない町並み。憧れていた輝くような風景はそこにはなかった——だが、護は何故かとてもホッとしたのだった。

「あのさ、フツーの屋上だと思わない？」

護が切り出すと二人は笑った。「思った思った。結構汚い」「あたしも思ったけど、悪くて言い出せなかった」二人はてんでに感想を言い合う。

「あと、先生に話したら割と簡単に鍵開けてくれたんだ。そこもちょっと拍子抜け」

護は笑ったが、今度は雄馬もゆりあも笑わなかった。

「岩永くん、屋上見せてくれてありがとうね」

ゆりあがしみじみとスマホの画面越しに言った。雄馬も頷《うなず》いている。

「俺も、開かずの屋上だと思ったからちょっと感激した。ありがとう」

護は、二人の言葉に今にも涙が流れそうになって、空を見上げた。

「次はまた三人揃ってお祝いしよう」そう言い合って、護は通話を終えた。屋上からの景色を眺める。護の通学路。よく立ち寄るコンビニ。なかなか青にならない信号などがジオラマのように見えた。護は息を吸い込み、二人にメッセージを送る。少し気恥ずかしかったが、護は笑顔で送信ボタンを押した。二人は呆れるかもしれないし、冗談だと思われるかもしれないけれど、それでも。

「本当はさ、僕ら三人で一緒にここで卒業式を挙げたかったんだよ。だけどいろいろな事情でそれができないから、僕が代わりに来たんだよ。あのさ、屋上に出ること、意外と簡単だったよ。二人のおかげで、僕は少しだけ強くなれたような気がしたんだ。今まで本当に本当にありがとう。いつか必ず三人でまたここに集まろう。普通の眺めでも、やっぱりここは、特別な場所だ」

さよならの勇気

桔梗楓

夕焼けに染まる街の道路を、一台のスクールバスが走る。

ハンドルを握るのは高齢の運転手、豊城《とよしろ》。周囲をよく確認してから交差点を曲がった。

座席にいるのは、スイミングスクールに通う子供達。

「豊城じいちゃん！　コマメって知ってる？」

近くに座っていた男の子が話しかけてくる。

「コマメ？　なんだろう、知らないなあ」

「学校でめっちゃ流行ってるんだ。小さいコマをぴしゅって飛ばすんだよ」

「ん？　もしかして、ベイゴマがまた流行ってるのか？」

豊城が言うと、男の子は不思議そうに首を傾げた。

「べいごまってなんだ？」

「あ～、俺が小さいころも、そういうのが流行ってたんだよ」

「豊城じいちゃんの小さいころって、何時代⁉」

会話を聞いていた女の子が話に交ざってくる。

「何時代って、昭和時代だよ」

「しょうわ！　歴史で習ったよ〜」

「戦争があったんだよね」

「えっ、豊城じいちゃん戦争行ったの？」

「ちょっと豊城じいちゃん、オレのコマメの話聞いてよ！」

ぎゃあぎゃあ、わあわあ。バスの中が一気に騒がしくなる。いつもこんな感じだ。流行りのゲームやアニメの話。学校で話題になっていること。子供達は様々なことを口々に教えてくれる。

豊城は、この賑やかな子供達が嫌いではなかった。

「はいはい、スイミングスクールに到着だよ。みんな、忘れ物ないようにな」

「豊城じいちゃん、戦争は？」

「う〜ん。戦争があったころ、俺は赤ちゃんだったからなあ」

「なんだ〜」

残念そうに言った男の子は、ナップザックを背負ってバスを降りていく。

豊城は苦笑しながら子供達を見送った。

今の子供達にとって、戦争は遠い昔の話。少しも現実味がなくて、まるで映画の話を聞くような感覚なのだろう。豊城も戦争を体験したわけではないが、それでいいと思う。永遠に、身近にないほうがいいものだ。

子供には未来がある。その未来は、輝かしいものであってほしい。

スイミングスクールに通う子供達も、いずれは成長する。豊城はずっと子供達を送迎し続けて、やがてスクールを卒業していくのを見送ってきた。別れは寂しいが、最初に出会った頃よりも背が伸びた子供の姿を見るのは嬉しかった。

さて、これから一時間ほど待機する。次は子供達を家に送らなくてはいけない。豊城はバスを降りて、近くにある自販機に行った。冷たいか温かいか、しばらく考えて、温かい方のボタンを押す。ガコンと音がして、落ちてきたほかの缶コーヒーを取り出した。

季節は秋。そろそろ冬支度を始めないといけない。家のストーブの調子はどうだっただろうか。そろそろ買い換えたいと、去年考えていた気がする。

「ふう」

缶コーヒーを一口飲んで、缶のラベルを見る。成分表を読もうとしたが、字がにじんで見えた。缶コーヒーを少し遠ざけると、ようやく少し読める。

視力の衰えが、一層酷くなったな、と思った。

豊城は、今年で七十八歳になる。寄る年波には勝てないと実感する日々で、視力どころか、聴力も瞬発力も、少しずつだが衰えてきているのを感じている。

それは、運転技術も同じだった。

引退という言葉が頭を過ぎる。最も考えたくないことだったから、ずっとその思考から逃げていたけれど、そろそろ真剣に考えなければならない。

「俺の唯一の特技だったからなあ」

こくりと缶コーヒーを飲むと、それは甘いはずなのに、どこか苦かった。

豊城は、『運転』しかできなかった。

それだけがお金を稼ぐ唯一の方法だった。若いころはトラックで長距離を走って運送する仕事に就いていたが、四十代で腰を痛めてしまい退職。それからは宅配便の配達員やタクシーの運転手など、職場を転々としていた。そして今はマイクロバスの運転手だ。このスイミングスクール以外にも、塾の送迎や、デイサービス施設の送迎も請け負っている。

そろそろ引退の時期であることは、誰よりも豊城自身が理解していた。このまま運転の仕事を続けていたら、いずれ大きな事故に繋がるかもしれない。まだ大丈夫、まだいけると叱咤する自分もいるが、同時に取り返しの付かないことを起こした時、後悔しても遅いぞと脅す自分がいた。

——時々、ニュースで、高齢者の運転による悲しい事故を目にする。そして、身につまされる思いにかられた。明日は我が身かもしれないのだ。どうしても、他人事には思えなかった。

豊城はずっと独身である。両親はすでにこの世を去り、親戚との縁は薄い。事故を起こしてしまったら、誰も豊城を助けてくれないし、守ってくれない。

「潮時、なんだろうな」

ぽつりと呟《つぶや》く。缶コーヒーの続きを飲もうとしたが、すでに飲みきっていた。

力なく缶をゴミ箱に捨てると、カコン、と、寂しい音がする。

豊城は、運転の仕事を辞めようと心に決めた。

ほうぼうに退職届を提出して、しばらく経ち、やがて豊城の退職日がやってくる。

その日は午前中のうちに警察署へ行き、運転免許証を自主返納した。

住民票や写真などの必要書類と一緒に運転免許証を渡して、運転経歴証明書を発行してもらう。これは、運転免許証と同様の身分証明になるのだ。また、これを所有しているとタクシーやバスの料金が安くなったり、様々なお店での商品割引やポイントをつけてもらえたりと、いくつか特典もある。

「意外とあっけないものだったな」

豊城の身分証明書であり、稼ぐ手段だった大切な免許証。返納する時は切ない気分になるのかな、と考えていた。しかし実際は、そうたいして感情は動かなかった。多少、寂しさはあるかもしれない。でもその程度だ。

「ああ……これは、虚しい、のかもしれないな」

老いに逆らえない自分に、無力感を覚えているのかもしれない。七十八年生きてきたが、この手に得たものなんてほとんどなかった。

そしてこれからも、何かを手にすることなどないまま、枯れ木のように生きていき、ひとりぼっちで死ぬのだろう。

スイミングスクールの事務室で、手土産を渡しながら簡潔に別れの挨拶を済ませる。そして手ぶらのまま、その場を後にしようとした。

「豊城じいちゃ〜ん！」

明るくて元気な声が聞こえる。豊城は思わず振り向いた。すると、いつも自分がスクールバスに乗せていた子供達が走ってくるではないか。

「よかった間に合って。これ、みんなで作ったんだ。あげる！」

豊城によく小学校の流行りを教えてくれた男の子が、笑顔で渡してくれたものは、折り紙で作ったたくさんの花だった。

「ひとり一個ずつ、作ったんだよ〜。わたしのはこれ！」

「ぼくは紫のやつね」

「ずっと運転してくれてありがとう！」

子供達が口々に言ってくる。相変わらず賑やかだ。しかし豊城は茫然として、力の入らない手で花の折り紙を受け取るのみだった。

「ど、どうして、みんな、俺が今日辞めることを知っているんだ？」

「事務のおばちゃんが言ってたんだよ～」

「ねえねえ、豊城じいちゃんはバスの運転手を卒業するんだよね！」

「卒業おめでと～！」

単なる退職をまるで良いことのように言う。その天真爛漫《てんしんらんまん》さはさすが子供だという感じだ。

「そんで次のお仕事はコンビニの店員だって！」

「え、オレはスーパーの警備員って聞いたけど」

口々に言う子供達。戸惑いながらも、豊城は答えた。

「あ、ああ、どっちも正解だよ。スーパーの警備員と、コンビニの店員と、ふたつを掛け持ちでやる予定なんだ」

「すっげー！　超がんばるじゃん。バスの運転手は卒業だけど、つぎつぎと違う仕事ができて、かっこいい！」

きらきらした目で言う男の子を見下ろして、豊城はぼんやりと考えた。

（俺はただ、高齢だから仕方なく運転の仕事を諦めただけだ。それなのに、この子たちは……）

それを『卒業』と、言ってくれた。

もう、この手には何も残らないと思っていた。

運転免許を失った自分には、なんの価値もないのだと。

豊城は、ゆっくりと自分の両手を見た。色とりどりで、形も様々な花の折り紙。綺麗なもの、いびつなもの、先が折れ曲がったもの。でも、すべてに優しい子供達の心がこもっている。

じんわりと、心が温かくなった気がした。

実家は貧しくて、病院にもなかなか連れて行ってもらえず、小学校の時は風邪をこじらせて卒業式に参加できなかった。思春期の半ばで道を踏み外した豊城は家出同然に家を飛び出し、中学にも通わなくなり、現場系の職場を転々としながら働いて、十八の頃に運転免許証を取得した。それからはずっと運転の仕事に就いていた。

ろくでもないし、つまらない人生だったと自分でも思っている。

――でも、それでも。

(こんな花を貰える程度には、俺も頑張っていたのかな)

学もなく才もないが、折り紙の花は貰えた。それは確かな自分の価値だった。

たったこれだけの贈り物なのに、豊城はなによりも嬉しくて、つんと鼻が痛くなる。

「ありがとう。俺はすっかりおじいちゃんだけど、もう少し頑張るよ」

豊城は笑顔を見せて、子供達に別れを告げた。

季節は過ぎて、春の桜が舞い散るころ。

豊城は定時制の高校に入学した。あの折り紙の花をきっかけに、何か新しいことにチャレンジしようと思ったのだ。

この歳で今更勉学に励んだところで、意味はないとずっと諦めていたことだったが、別にいくつになろうと構わないじゃないかと考え直した。

日中はコンビニの店員やスーパーの警備員などのアルバイトをしながら、夜は高校で勉強をする日々。老いた体では結構な体力を使うが、日々はいつになく充実していた。

豊城が入学した定時制の高校は、給食がある。時間的には夕飯なのだが、ありがたい話だ。

今日の給食はカレーライス。豊城も大好きである。大盛りにしてもらったカレーライスを持って、食堂の席についた。

「いやあ、気付いたらこの給食の時間が、一日の中で一番の楽しみになってしまったな」

今日のメニューはなんだろうと、わくわくしながら献立表を見るのが楽しい。

まるで子供の頃に戻ったみたいだな、と我ながら苦笑してしまう。

あーんと口を大きく開けてカレーライスを頬張った時、向かいの席に若い男子生徒が座った。

耳にじゃらじゃらとピアスを嵌《は》めて、ウルフヘアーの髪は黄色。少し不良っぽいその子は、カレーライスを食べる豊城をジッと見る。

「なあじいさん」

「ん、なんだい」

福神漬けをパリパリ食べながら言うと、男子生徒は少し難しい顔をした。

「入学式からずっと気になってたんだけど、じいさんって結構な歳だろ。なんでガッコーなんか通う気になったんだ？　今更学ばなくても生きていけるだろ」

ずいぶんと明け透けな質問である。これも若さかなと笑ってしまう。

「そうだなあ、いろいろ理由はあるけど」

目を閉じると、思い出すのはスクールバスに乗せていた子供達の笑顔。そして、しわくちゃの両手に置いてくれた、折り紙の花。

『バスの運転手を卒業するんだよね』

――あの言葉がずっと、心に残っている。

「死ぬまでに一度くらいは、ちゃんとした『卒業式』を、体験してみたいと思ったんだよ」

屈託のない笑顔を見せた豊城に、男子生徒は不思議そうに目を丸くした。

「なんだそれ、じいさん卒業式したことねえの？」

「そうなんだよ。情けない話だが、小学生の時は風邪を引いてねえ」

給食の最中、世間話のように昔話を始める。

男子生徒は少し道を踏み外した印象だったが、給食を食べながら豊城の話をちゃんと聞いてくれた。

――いい子だな。俺みたいになるなよ。

そう思って、豊城は優しく目を細めた。

私の胸のアレオーレ

一色美雨季

学校帰りに寄った花屋の観葉植物コーナーで、咲穂《さほ》は奇妙な形の小さなサボテンを見つけた。

そのサボテンは砂糖衣を掛けたように白っぽく、まるでムーミンに出てくるニョロニョロのようなフォルムをしていた。自己主張の強い棘《とげ》は、ほんのり淡いピンク色。ネームプレートには『ユーフォルビア・ミルクトロン』とあり、なんだか名前まで可愛らしい。値段も手頃で、これなら咲穂のお小遣いでも十分買える。

――よし、これにしよう。

咲穂はサボテンを手に取ると、レジに向かった。

「このサボテン、プレゼントにしたいんで、リボンをつけてもらえますか？」

店員は「はい」と返事をしたが、ちらりと鉢のネームプレートに視線を向けると、

「ちょっと確認させていただきますが、もしかしてサボテンコレクターの方へのプレゼントですか？」と聞いてきた。

「いえ、お母さんへの誕生日プレゼントです。観葉植物が好きなので、こうい

う珍しい形のがいいなあと思って」

「あ、それならよかったです。これ、サボテンじゃないので」

「え？」

驚く咲穂に、店員は「よく似てるんですけど、ユーフォルビアにはアレオーレがないので」と言う。

「サボテンの棘の根元には、アレオーレっていう棘の土台みたいな器官があるんですよ。ほら、サボテンの棘の根元に綿毛みたいな小さな塊があるでしょう？それ、別名で棘座《しざ》とも言うんですけどね、実は、棘を持つ植物の中でも、アレオーレがあるのはサボテンだけなんです。だからユーフォルビアは、サボテンのようでサボテンじゃないんです」

「へえ、知らなかった。そうなんですか」

店員の説明に納得し、咲穂はバッグの中からお財布を取り出す。――と。

「あ」

腕を伸ばした瞬間、咲穂のブラウスの袖付け部分がツンと突っ張った。

一瞬、店員は怪訝《けげん》そうに咲穂を見たが、咲穂は何でもないような顔でお会計を済ませ、リボンのついたラッピングバッグを受け取って店を出た。

――油断した。破れなくてよかった。

中学生になって二年。咲穂は成長し、その分だけ制服は小さくなった。スカート丈は校則違反ギリギリになっているし、ブラウスも手を上げるのが怖いほど窮屈になっている。

――これ、いつまで着られるんだろう。

咲穂は思う。

元々この制服は、咲穂のために誂《あつら》えられたものじゃない。五年前に交通事故で亡くなった、咲穂の姉・美穂《みほ》のために誂えられたものなのだ。

それは、美穂が小学六年生の冬のことだった。夜も更けた塾終わり、母の迎えを待たずに帰路についた美穂は、青信号で横断中、前方不注意で交差点に進入した一台の車にはねられ、あっけなく命を落とした。

中学校の制服が出来上がる、十日前のことだった。

制服は、商店街の取り扱い指定洋品店で誂えることが決まっている。小さな町だから、洋品店の店主も美穂が交通事故で亡くなったことを知っていた。だから、本当なら注文主が店まで取りに行かなければならないところを、わざわざ店主が自宅まで届けてくれた。

生前の美穂が中学の制服を楽しみにしていたことは、家族全員が知っていた。しかし葬儀は既に終わっており、つまりは美穂の遺体も荼毘《だび》に付されている。真新しい制服を見た両親は、「これを棺に入れてあげたかった」と言って激しく泣いた。誰も慰めることなどできないほどに。

だから咲穂は言った。「この制服は、私が着る」と。

「この制服を着て、中学に入学する。この制服で、中学を卒業する。この制服を着て、私はお姉ちゃんの魂と一緒に中学校に行くの。だから、お父さんもお母さんも泣かないで」

小学生の咲穂は本気だった。その本気に、両親も頷《うなず》いてくれた。

数年後、咲穂は自分の宣言通り、美穂のために誂えた制服を着て中学に入学した。自分の中学校生活は、自分のものであると同時に姉のものでもあると思っていた。

——でも、それは間違いであると気が付いた。

この制服は『中学生になれなかった姉のもの』であり、『現在進行形で成長している自分のもの』ではないのだ。

咲穂は深く嘆息する。注意深く、ボタンがはじけ飛ばないように、縫い目が裂けてしまわないように。

それはまるで、時間を止めた美穂の中に、自分の存在を閉じ込めるかのような息苦しさで。

＊＊＊

その日——母の誕生日は出前を取り、食後は父が仕事帰りに買ってきた大きなケーキを食べて、咲穂たち家族はいつもより贅沢な夕食を楽しんだ。

以前は、家族の誕生日というと外食するのが常だったが、美穂が亡くなってからはその習慣もなくなった。美穂が交通事故に遭ったのが夜だったため、日が暮れてからの外出を極力控えるようになってしまったのだ。

ケーキを食べ終わると、咲穂は自室に隠していたユーフォルビアを母にプレゼントした。案の定、母は「可愛いサボテンね」と言ったので、咲穂は「それ、サボテンじゃないよ」と、花屋の店員から聞いたアレオーレの蘊蓄《うんちく》を得意げに披露してみせた。

「へえ、面白いわねえ」

満面の笑みで、母は言った。「お母さん、咲穂にプレゼントのお礼がしたいわ。欲しいものはある？　何でもいいわよ」

「何でも？」

一瞬、咲穂は言葉を詰まらせた。

欲しいものならある。でも……それを口にすることは憚《はばか》られる。

「なぁに？　遠慮しないでいいわよ。言いなさい」

ほらほらと急《せ》かす母に、咲穂の気持ちは揺らいだ。

欲しいもの。それは。

「あの……それじゃあ、制服が欲しいの。新しい制服が」

そう口にした瞬間、場が凍り付いたように固まった。

テレビから聞こえてくるＣＭの音声が、やけに大きく耳に響く。咲穂は唇を噛み、無言で両親の様子をうかがう。

母は何も答えぬまま、ちらりと視線を滑らせた。その先にあったのは、黒縁のフォトフレーム。

それは、小学六年生のままの美穂の遺影。

「……どうして？」

母の問いが、チクリと咲穂の胸を刺した。

理由ならちゃんとある。いつもなら素直に答えることができる。でも。これは。

「……ごめんなさい」

咲穂は俯《うつむ》いた。言うべきではなかった。

「ううん、謝らなくてもいいのよ。ただ……どうして新しい制服が欲しいのか教えてほしいの。もしかして、もう美穂の制服は着たくないの？」

「そうじゃないよ」

「それなら、どうして？　美穂と一緒に卒業式を迎えるんじゃなかったの？もしかして、もう美穂のことなんてどうでもよくなったの？」

咲穂の胸は、ますます痛みを覚える。父が「やめなさい」と横から口を挟むが、母は咲穂から視線を外そうとしない。瞬きもせず、無言で咲穂に気持ちをぶつけてくる。

母が喜んでくれたはずのユーフォルビアが、テーブルの上で、ひとりきりで寂しそうに佇《たたず》んでいる。誰からも攻撃などされないのに、それでも四方に威嚇《いかく》の棘を向けて。

――まるでお母さんみたいだ、と咲穂は思う。

美穂が亡くなったのは母のせいではない。それでも母は、塾まで迎えに行くのが遅れた自分を責めている。そして、それと同じくらい、誰かに責められるのを恐れている。

チクリ。チクリ。チクリ。

母が心の棘を光らせるたびに、咲穂の心にも痛みとともになにかが生まれる。

小さくて、苦しくて、痛いもの。

きっとそれは、心の棘を密生させるアレオーレ。

「私だって、お姉ちゃんの制服で卒業式に出たいよ。でも、たぶん、無理なの」

「なにが無理なの？」

「私の体、成長してるから」

え、と、驚きとも疑問ともとれる小さな声が、両親の口から洩《も》れた。

――ああ、気付いてくれていなかったんだ、と咲穂は思った。

目の前にいるのに、毎日一緒に生活しているのに、両親は咲穂の成長を理解してくれていなかった。きっとふたりの心を占めているのは、今でも亡くなった美穂のことだけなのだ。

つらい。悲しい。それでも咲穂は言葉で訴えるしかない。

「お姉ちゃんの制服、私なりに大事に着てきたつもりだよ。でも、ダメなの。少しずつ窮屈になってきてるの。今はまだどうにか着ることができるけど、本当は腕を伸ばすのも深呼吸するのも怖い。そのうち、ボタンを留めることも、ファスナーを上げることもできなくなる。そうしたら、私は卒業どころか、学校に行くこともできなくなる」

「そんな」

「あのね、お父さんもお母さんも気付いてないかもしれないけど……私、お姉ちゃんより、ずっと大きくなってるの」

美穂のために誂えられた制服は、もともと美穂の成長を見越して作られたものだ。けれど咲穂の成長は、その想定を超えてしまった。今の咲穂は、両親が想像した未来の美穂より、ずっと大きいのだ。

「私は」

咲穂だよ。お姉ちゃんじゃないんだよ。

そう言いかけた言葉を、咲穂は飲み込む。それだけは言ってはいけない。だって、美穂の制服を着ると言ったのは、ほかならぬ咲穂自身なのだから。

目の前の両親が、悲しそうな顔をしている。

「……ごめん。やっぱり、何もいらない」

これ以上はどうしていいか分からず、咲穂は席を立つと自室に逃げ込んだ。

ドアを閉め、ベッドの上に身を投げ出す。じわりと涙があふれてくる。

――最悪だ。お母さんの誕生日を台無しにしてしまった。

そう後悔しても、もうどうすることもできない。

中学の卒業式なんて一年ちょっと先のことなのだから、もう少しだけ我慢して制服を着ていればよかった。そうすれば、誰も悲しませることなんてなかったのに。


もっと、もっと、もっと、自分の感情を押し殺して。

でも、つらくて、つらくて、つらくて。

咲穂は、美穂のために中学生になったんじゃない。自分のために成長して、自分のために生きていきたい。でも、その気持ちを、あの制服が自重させる。まるで、それは罪であると言わんばかりに。

手の甲で涙をぬぐい、咲穂はゆっくりベッドの隅に腰掛ける。――と。不意に、ドアをノックする音がした。咲穂が返事をする間もなくドアが開く。ドアの隙間から顔をのぞかせたのは、両親だった。

「あのね、咲穂。今度の日曜日だけど……」

ゆっくりと部屋に入りながら、どこかぎこちない様子で母が言う。「制服、みんなで一緒に買いに行こうか」

「いいよ、大丈夫だから」

咲穂の中で、何かが吹っ切れた。

思えば、美穂が亡くなってから、家族で外食どころか旅行に行くこともなくなった。トラウマから、咲穂は塾や習い事も辞めさせられたし、帰宅時間が遅くなるからと部活動も禁止された。たとえ制服を新しくしたところで、きっともう何も変わらない。

美穂が生き返らない限り、咲穂は家族のために、美穂の魂をまとい続けて生きなければならない。

「でも、制服が小さくなったんでしょう？　ごめんね、気付かなくて」

「だから、大丈夫だってば。卒業式まで、ちゃんと着るよ」

胸の中に新しいアレオーレが生まれる。優しい言葉なんて聞きたくなくなる。

お願いだから、もう放っておいてほしい。

「咲穂」

「……私だって、こんなこと言いたくなかったんだから」

それは、誕生日を台無しにしてごめんなさい、という本心の裏返し。

馬鹿みたいな意地の張り方をしていると、咲穂自身も理解している。でも、どうやっても止めることができない。胸の中のアレオーレが、隠していたはずの棘を成長させてしまったから。

美穂を思ってばかりの両親なんて嫌い。

咲穂の気持ちを察してくれない両親なんて嫌い。

だから。だから。だから。

「私はお姉ちゃんじゃないの。今でもお姉ちゃんのことは大好きだし、お姉ちゃんの制服で卒業したいって気持ちも変わらないけど、それでも私はお姉ちゃんにはなれないの。だって私は、これからも私として生きていくんだから」

死んでしまった美穂が悪いんじゃない。けれど、分かってほしい。咲穂の本当の気持ちを。

「ごめん」

先にそう言ったのは、父だったのか、それとも母だったのか。

咲穂の目から、また涙がこぼれ出た。父は手を伸ばし、クシャリと咲穂の頭を撫《な》でる。と同時に、母がギュッと咲穂を抱きしめる。「咲穂の優しさに甘えてごめんね」と。

「咲穂はこんなに大きくなってたのね。ずっと我慢してくれていたのに、気付かない親でごめんね」

胸の奥が震え、自分でも信じられないくらいの嗚咽《おえつ》がこぼれる。
父も泣いていた。母も泣いていた。「ごめんね、ごめんね」と、繰り返し言いながら。
胸の中のアレオーレが、勇気の棘を伸ばして、見えない呪縛《じゅばく》を突き破る。
きっとこれからも、美穂の存在が家族の中心にいることは間違いないだろう。
それでも、きっと、何かが少しずつ変わっていく。
家族が前に進むために。
悲しみから解き放たれるために。

あなたが遺した北極星

溝口智子

「大腸がんで痛みを感じることがなくて、発見が遅れたんですって」

「まあ。じゃあ、突然だったの？」

「手遅れで手術もできずに。抗がん剤治療は拒否されたそうよ」

黒衣の人たちがひそひそと言いかわす声が、卓《たく》に島《しま》教授のくわしい死因を知らせた。新聞の死亡記事では知り得なかった情報を聞いても、なぜか現実感が湧かない。師の元を離れて二年。卓の中では未だに、島教授は六十代前半の壮健な男性のままだった。

葬儀場になっている教会はまっ白な壁であるはずなのに、どんより曇った空を映したのだろうか、今日は暗い灰色に見える。

「竹生《たけお》くん？」

呼ばれて視線を動かすと、教会の門をくぐろうとしていた若い女性が駆け寄って来た。大学の島ゼミで一緒だった聡美《さとみ》だ。

「やっぱり竹生くんだ！　来てくれたんだね、島教授もきっと待ってたと思うよ。教授、ずっと竹生くんのこと心配してて……」

言葉が終わらぬうちに、聡美と並んで歩いていた、同じくゼミ生だった祥吾《しょうご》が大股でやってきた。

「竹生、なんでここにいるんだ」

憎々し気に言った祥吾に強く胸を押されて、卓はよろけた。

「お前、教授を裏切ったくせに、よく顔が出せたな！」

大声を出す祥吾の喪服を聡美が引っ張って「やめなよ」と小声で囁《ささや》く。だが、祥吾はその声が聞こえていないのか、怒声を卓に叩きつけ続けた。

「教授に目をかけてもらっていたくせにゼミを抜けて大学まで辞めて。音楽を捨てたやつに、ここに来る資格はない！」

ざわざわと三人の周囲に視線が集まる。黒衣の人たちは遠巻きに好奇の目を向けるだけで、止めに入ろうとはしない。

「帰れ！　何度でも言う、お前にここに来る資格はない！」

あまりの祥吾の剣幕に聡美も口を挟めない。卓は黙ったまま俯《うつむ》くと、教会に背を向けて門を出た。

教会に向かう人波が途切れた頃に、葬送歌が流れだした。オルガンの音色に合わせて人々が歌う声が聞こえる。卓は教会の近くの公園からその歌声を聞いた。葬送歌に合わせるかのように暗い空からぽつりぽつりと雨が落ちて来た。しばらくすると、教会から真っ黒な棺が運び出され、霊柩車《れいきゅうしゃ》に乗せられた。多くの人が悲し気に見つめる中、車はクラクションを長く鳴らして走り出す。参列者が去って人気がなくなっても、卓はそこに立ち尽くしていた。


「お帰りなさい、卓さん」

帰宅した卓をヘルパーの女性が笑顔で迎えてくれた。

「すみません、遅くなってしまって」

「いえ、大丈夫ですよ。お祖母さんも機嫌よくお待ちでしたし」

卓は廊下の先に向かって「ただいま」と声をかけた。「おかえり」と元気な祖母の声が返ってくる。

「では、私はこれで失礼します」

「ありがとうございます。明日もよろしくお願いします」

ヘルパーの女性を門前まで見送って、卓は家に入った。廊下の先へ歩いていくと、祖母は縁側のイスに腰かけて外を見ていた。

「お祖母ちゃん、なにを見てるの」

「雨だよ。きれいだねえ。悲しいねえ」

祖母は卓の顔を見上げると、にこりと笑う。卓も笑顔を返す。

「卓、チェロを聞かせてちょうだい」

「お祖母ちゃんは本当に音楽が好きだね」

卓がネクタイを緩《ゆる》めつつ言うと、祖母は目をつぶって体をイスの背に預けた。

「この世のすべてが音楽だ。卓の先生が、よく言うんでしょう」

「そうだよ。よく覚えてるね」

認知症で最近のことは忘れてしまう祖母も、二年前、卓が島教授の元にいたころのことは、記憶に残っているらしい。

卓は祖母にねだられるままに居間に置いている大きなチェロケースを縁側に

運んだ。調弦している音も祖母には心地よい音楽と感じられるようで、軽く指を動かして拍子を取っている。卓はその指の動きに合わせて曲を弾き始めた。

「ねえ、卓。チェロを弾いて」

曲が終われば忘れてしまうのか、祖母は何度も何度も卓に音楽をねだる。卓は優しく微笑んで、祖母の願いを叶えるのだった。


ある日、仕事から戻ると、ヘルパーの女性から一通の封書を渡された。卓宛ての書留で差出人は島園子《そのこ》。島教授の妻の名前だった。

封を開けてみると、懐かしい島教授の筆跡《ひっせき》が目に飛び込んできた。大学で島教授から講義を受けていた時のことが思い出された。

黒板の五線譜にのった音楽記号ひとつひとつに、教授はあだ名を付ける。

「これはケンタウルス、これはアンドロメダ。これはヘルクレス、これはペルセウスだ。さあ、みんな。この星座に負けない演奏をしよう」

そう言って楽譜を広げて、ゼミ生みんなを包み込むように両手を広げた。その腕が優しく、時には荒々しく、力強く動き、みんなに音楽とはなにかを伝えた。卓は今でもありありと教授の腕の動きを眼前に見ることができる。

「卓さん？　どうかしましたか？」

ヘルパーの女性に呼ばれてはっとした。手紙に見入って、しばらく動けなくなっていたらしい。

「いいえ、なんでもないんです。今日もありがとうございました。また明日もよろしくお願いします」

そう言ってヘルパーを見送り、玄関に入った。封筒に入っていたのは数枚の紙。一枚目の女性の手跡《しゅせき》は島夫人のものだろう。そこには挨拶もなしに用件だけが書きこまれていた。

『主人の遺言を送ります。ぜひ主人の最期の願いを聞いてやってください』

次の紙には島教授の遺言が書かれていた。葬儀があったあの教会に来るように。数週間後の日付と教会の住所も書かれている。それと文末に『チェロを忘れないように』とある。それは楽器を持ってくるようにという指示だと思われたが、それ以上にチェロの魂を忘れないようにという教授の教えを彷彿《ほうふつ》とさせる言葉だった。


教授に指定された日、卓はヘルパーを待つ間、祖母の側でチェロの弓に松脂《まつやに》を塗っていた。演奏する前にはいつも行う準備だが、祖母は今日初めて見たような不思議そうな顔で、弓を見つめた。

「卓、それはなに?」

「弓だよ。どうしたの、忘れちゃった?」

祖母は不思議そうな表情は変わらぬまま、首を横に振った。

「忘れやしないわよ。でも、その弓は不思議ね。きらきら輝いてるわ」

卓は弓を光にかざしてみた。だが、特に変わったところは見つからない。

「いつもと同じだよ、お祖母ちゃん」

祖母は卓の声が聞こえているのかいないのか、そっと微笑んだ。

「ねえ、卓。チェロを弾いて」

卓も微笑み、祖母がリクエストするままに数曲を弾いた。

教会の扉を開けると、喪服の男女が振り返った。

「卓！」

「竹生くん！」

ゼミ生だった光喜《こうき》と聡美が口々に呼び、しかし、どうしたらいいのかわからない様子で、卓を見たり目を離したり居心地が悪そうだ。その空気を払うように聡美が笑顔を作って、卓が携えているチェロのケースを指差した。

「竹生くんも、教授の手紙を受け取ったんだね」

卓は頷《うなず》くと、扉から手を離して二人の方に近づいていく。卓の背中で閉まった扉が、すぐにまた開いた。

「竹生……。なんでお前がここにいるんだ」

背後からの声に卓が振りかえると、扉を開けて入って来た祥吾がぎりっと音がしそうなほど強く口を引き結んでいた。

「なにをしに来たって聞いてるんだ！」

強い祥吾の声に、卓は静かに答える。

「チェロを弾きに来たんだ」

「ふざけるな！　音楽をやめたやつが、のこのこと。教授は優しいから、お前もゼミ生と言ってくれるだろうけどな。島ゼミはプロを目指す人間の場所だったんだ。その覚悟を捨てたお前に、今さらなにができるっていうんだ」

聡美が口を挟む。

「プロかどうかなんて、音楽には関係ないって教授が言ってたじゃない。祥吾だってそんな教授だからこそ、ゼミに入ったんでしょう」

祥吾は卓から目を離さず睨《にら》み続ける。

「そうだ。プロになろうがなるまいが、関係ないって教授は仰《おつしや》った。だけど、自分が決めた道を途中で放棄するやつを、俺は音楽家とは認めない」

静寂が広がる。聡美たちも口には出さないが祥吾と同じ気持ちが少なからずあるのだということが、二人の定まらない視線でわかる。重苦しい空気の中、柔らかな女性の声が響いた。

「竹生くん、弾いてみてくださいな」

皆が顔を向けた教会の隅に、島夫人の姿があった。

「主人が言っていたことを、皆さん覚えているんじゃないかしら。音楽はその人よりも雄弁に、その人の人生を語るって。竹生くんが今、どんな人生を送っているのか。聞かせてちょうだい」

卓は黙って頷くとケースからチェロを出した。弓を張ってチェロにエンドピンをつけて立たせ、静かに弦に弓を当てた。皆が息を呑んで見つめる。

弓が軽やかに動いた。チェロがゆったりと歌いだす。それはとても懐かしい音だ。大学に入ってから祥吾たち友人と出会い、島教授の音楽に魅了され、すべてが音楽で溢れた日々。毎日、重たいチェロを抱えて大学に通い、難しい練習曲をこなして腕を上げた。試験で点が取れずに悔しい思いをしたこともある。恋を知った。将来を夢見た。別れがあり、出会いがあった。それは、皆が通って来た、懐かしい時代。卓のその音が皆の思い出を揺さぶり起こした。

チェロはまた高々と歌う。晴れやかな門出も、厳しい現実も、苦難も、とろけるような成功も。皆が知っていることや、これからと夢見ることも、卓は音楽に乗せて囁いた。

誰もが卓のチェロに聞きほれた。卓はのびやかに生を歌いあげ、弓を弦から離した。

しんとした教会内にチェロの残響がこだまする。音が消えてもその揺らぎは消えず、皆の胸を揺さぶり続けた。

「なんで……」

祥吾がぽつりと呟く。卓に向けた視線に、もう厳しさはない。

「お前は音楽をやめたんじゃなかったのか。なんでそんな、以前より伸びのある音が……。お前は教授を裏切ったんじゃなかったのか」

卓はチェロを優しく撫《な》でて話し出した。

「音楽を捨てるつもりでゼミを辞めたんだ。祖母が要介護状態になって、介護費用をまかなうために働かなくちゃいけなくて。でも、そんなことを言ったら教授はきっと、お金なんていいからゼミに来て学べって言ってくれると思ったんだ。そういう人でしたよね」

卓は言葉を切って島夫人の方を見た。夫人は穏やかな笑みを浮かべて、ただ黙っていた。

「けれど、祖母は僕にチェロを弾いてくれって言ってくれるんだ。毎日、何度も。僕は音楽をあきらめなくていいんだって思って、嬉しかった。たとえ教授と、皆と一緒に演奏することができなくても、僕はチェロを愛してる。音楽がない人生は歩めないって、毎日、繰り返し思うんだ」

卓が話しやめると今度こそ教会内は音もなくしんと静まった。ステンドグラス越しに残照が映え、色彩豊かな天使や聖人の姿が床を照らす。皆無言だった。だが、心の底から湧き上がる音楽を奏でたいという衝動を誰もが感じていた。

祥吾が苦笑いを浮かべて言う。

「教授に言われた通り、俺はもう少し、気長にならないといけないな」

そう言って卓が受け取ったものと同じ封筒から便箋を取り出す。

「教授の遺言。アンダンテ。穏やかに、ゆっくりと。俺に遺された言葉はそれだ。皆は？」

聡美が答える。

「ヴィヴァメンテ。生き生きと元気に」

ケースからヴァイオリンを出している聡美を、ヴィオラの光喜が笑う。

「聡美の性格、そのままだな。変わりなく生きろってことかな」

「光喜は？」

「セリオーソ。厳粛に」

祥吾がからかうように言う。

「もっと真面目にしろってことだろうな」

「それは祥吾にこそふさわしい言葉だろ」

聡美が振り返る。

「竹生くんは？」

卓はチェロのケースに大切にしまっていた封筒を取り出し、便箋を開いて皆に見せた。

『どんな形でも一生、君たちには音楽を愛してほしい。親のように、伴侶のように、心から分かり合える友人のように。そうすればきっと、音楽は君たちを愛してくれるから』

『君たち』と全員に向けたであろう手紙を託された卓を見つめて聡美が言う。

「この手紙が、竹生くんだけに宛てたものだったら、きっとここには来なかったんでしょうね」

卓は恥ずかしそうに笑う。

「そうだと思う。大事な遺言だから、追い返されたとしてもどうしても皆に見せなきゃって思ったんだ。これも持ってこないといけなかったから」

そう言って卓はケースから数枚の紙の束を取り出し、皆に配った。

「譜面？」

「手紙と一緒に受け取ったんだ。教授から僕たちへのアンコールだよ」

島夫人が優しい声音で言う。

「『星めぐりの歌』。宮沢賢治《みやざわけんじ》が作詞作曲をした、主人が一番好きだった曲よ。ゼミの卒業式には弾いてほしいって病床でずっと言ってたの。主人のもとを卒業しても、あなたたちはこの曲を忘れないでいてくれるかしら」

その言葉に、言葉で答えるものはいない。皆はケースから楽器を取り出し、各々、楽譜を見つめた。

最初の一音はチェロの低音からだ。卓が弓を優しく引く。続いてヴィオラ、二挺のヴァイオリンと、つぎつぎと旋律を繋いでいく。

北極星は星のめぐりの目当てと歌うこの曲のように、教授の思い出が、音楽への愛情が、彼らを天に遊ばせてまた地へと戻らせる。この世界のどこまでも自由に羽ばたけるように見守ってくれる。

最後の一音がぴんと弾《はじ》けた。その音が教会の窓から遠い星空まで届いたことを、皆はっきりと感じた。

わたしの青春を返せ

国沢裕

校舎の二階にある教室の窓から、大西奈々子《おおにしななこ》は、雲ひとつない青空を見あげる。奈々子の横に並んで同じように風景を眺めているのは、親友の杏梨《あんり》だ。

ふたりには、高校生活最後の行事である卒業式が控えている。待機中の卒業生たちは気分が高揚しているのか、教室内がいつも以上に賑やかだ。

「こうやって、ふたりで教室からこの風景を見るのも、今日が最後だね」

杏梨が、奈々子にささやいた。背の中ほどまで伸ばした杏梨の黒髪が、窓から入るひんやりとした風にあおられて、さらさらと揺れる。

バスケットボール部に籍を置いていた奈々子は、練習の邪魔にならないように、ずっとショートヘアにしていた。その髪も、いまは肩に届いている。

「今日で卒業なんだな。高校三年間なんて、早いよね……」

「あっという間だったよね。とくに奈々子は高校生活、バスケ部の思い出ばっかりじゃない？」

杏梨はそう言って、奈々子に笑顔を向けた。その問いに、奈々子は前を向いたまま、あいまいな笑みを浮かべてみせる。

「――そうだね。部活の練習ばっかり。高校のあいだは杏梨とも、ほとんど遊ぶ機会がなかったなあ。一日中バスケで勉強もおろそかになっていて、大学が決まったのも年明けで遅かったし……」

「でも、同じ大学に進学が決まったんだもの。わたしたち、これからもずうっと一緒だよ」

杏梨は嬉しそうにささやいたあと、思いだしたように訊いた。

「奈々子、大学ではバスケは？」

すぐに奈々子は、首を横に振る。そして、小さく言葉を続けた。

「大学に入ってまで続けるほど、わたしにはバスケの才能はないから……」

「そっかあ。もったいない気がするけれど、それを奈々子が決めたのなら。それに、大学ではずっと一緒にいられるし、いまから楽しみよ」

杏梨はそれ以上詳しく聞きだそうとせずに、笑顔のままで空を仰いだ。

これからは、たとえバスケをすることがあっても、遊びで楽しむだけにしよう。バスケ部を引退したときから、奈々子は、そう決めていた。

中学時代も、奈々子はバスケ部だった。中学のバスケ部は学年に関係なく、みんな和気藹々《わきあいあい》としていた。練習もそれほど厳しくなかった。授業と定期試験、部活と友だちとのおしゃべりで、奈々子の毎日はとても充実していた。

高校に進学したときも、同じようなものだろうと思った奈々子は、迷わずバスケ部に入部した。高校の部がどのようなものであるかを確かめず、早々と入部届けを出した奈々子に、当時のキャプテンは笑いながら念を押した。

「卒業のときに、わたしの青春を返せって叫ぶことになるよ。それでもいいの？本当に大丈夫？」

それがまさか、現実になるとは。

高校のバスケ部は、学年による上下関係が存在していた。

廊下のずっと向こうに先輩を見かけたら、ダッシュで駆けよって挨拶をしなければならない。先輩に挨拶をするときには、苗字もつけなければ失礼だと怒られる。友だちとの会話に夢中になっていて気づかなかったときは、通りすがりに先輩から「挨拶は！」と怒鳴られて頭を叩《はた》かれる……。

朝と放課後の練習の厳しさに加えて、上級生には絶対服従のルールがあった。

奈々子は思いついたように、窓の外から教室を振り返った。

「まだまだ待ち時間があるし。もう最後だから、部室を見てこようかな……」

「ああ、それもいいかも。奈々子にとって、学年が上がるたびに変わる教室よりもバスケのコートと部室のほうが、過ごした時間が長いかもしれないしね」

そして、杏梨は見送るように、ひらひらと手を振る。

奈々子も、またあとで、と手を振り返しながら廊下に出た。

奈々子は足早に校舎を出ると、グラウンドに向かう。ほかの運動部とまとめられて、グラウンドのはずれに二階建ての部室棟が建てられていた。女子バスケ部の部室は、その二階の一番奥にある。

講堂を兼ねた体育館のバスケのコートは、上級生が優先して使っていた。入部した一年生は、奈々子をいれて十五人。グラウンドに設置されているふたつの移動型のバスケットゴールで、朝も放課後も毎日練習した。

グラウンドの練習は季節に左右される。夏の暑い日は、練習の合間に校舎が作る日陰で、持参した水筒のお茶をがぶ飲みした。風が冷たい冬の日は、練習の休憩時間が寒くて、日のあたるところで身を寄せ合った。

理不尽な上下関係と過酷な練習のせいだろう。二年に上がるころには、十五人いた仲間は奈々子を含めて、たった五人になっていた。

「なんだかもう、精神的にも体力的にも、厳しい思い出しかないわ……」

苦笑いを浮かべながら、そんな懐かしいグラウンドを横切る。そして、奈々子は部室棟にたどり着いた。早朝も夕方も練習があるバスケ部の部室は、普段から鍵がかかっていない。奈々子はノックをせずに、部室のドアノブに手をかけてドアを開いた。

そこで、奈々子はどきりとする。

部室の突きあたりは曇りガラスの窓で、両側の壁に沿って個人用のロッカーが並んでいる。中央には長テーブルがあり、そのテーブルを囲んで、三人の二年生が座っていたからだ。

奈々子の姿に、二年生はハッとした表情になって体を強張《こわば》らせる。そして、遅ればせながら習性のように立ちあがり、大きな声で挨拶をした。

「大西先輩、失礼します！」

長テーブルの上にはペットボトルや、封が切られたチョコレート菓子が載っていた。ひとりがきまり悪そうな表情を浮かべて、長テーブルの上に広げていたものを素早く、奈々子の視界から隠す。

「気にしないで。忘れ物がないか、最後に確認しにきただけだから」

奈々子はにこりともせずに言うと、自分が使用していたロッカーに向かった。扉を開き、なにもない中へ視線を走らせて、すぐに閉じる。

そのまま部室をあとにしようと出口に向かう奈々子の背中に、二年生からの声がかけられた。

「大西先輩、失礼します！」

ひとつ下の二年生と奈々子は、親しい関係ではない。厳然と存在する不条理な上下関係だけではなく、緊張をともなった気まずさもある。

なぜなら、三年生が引退して奈々子が副キャプテンになってから、必要以上に後輩たちに厳しい指導をしてきたからだった。

歩きながら奈々子は、自分が三年生から引き継いだときのことを思いだした。

放課後の厳しい練習のあと、三年生七人に、奈々子たち二年生五人が呼ばれた。六月という時期から、奈々子たちは、呼ばれた理由が予測できた。

「わたしたち三年が引退したあとは、次のキャプテンは、二年の堺田《さかた》」

キャプテンからの引き継ぎの言葉に、奈々子たちは神妙にうなずく。堺田は部員をまとめるのがうまい。彼女に任せれば、部は問題なく一丸となるだろう。

続けて副キャプテンに、皆の視線が向けられた。奈々子はとくに、声が大きくてにこりともしない、この怖い先輩が苦手だった。この三年生がコートに姿を見せるだけで、バスケ部は一気に部員の緊張が高まる。

その副キャプテンは口を開きながら、奈々子をまっすぐに見た。

「副キャプテンは、大西」

驚きで目を見開いた奈々子に、言葉を続けた。

「副キャプテンは〝統制〟を兼任してもらいます」


キャプテンは部を統《す》べる役目がある。そのまとめ役のキャプテンにヘイトが向かないように、副キャプテンが部全体の厳しい指導役を担う。その仕組みをこの引き継ぎで、奈々子は知らされた。

これまで厳しい顔しか見せてこなかった副キャプテンが、はじめて人間味のある申しわけなさそうな表情を、奈々子に向けた。

「大変だろうけれど、部を引き締める大事な役目です。お願いします」

「――副キャプテンは、どうしてわたしを選んだんですか」

いましか訊く機会がないと思った。いまを逃せば、きっと心のしこりになる。

「遅刻もなく真面目にコツコツと練習する、手本になるような部に対する姿勢。それと……。大西の大きな声は、遠くまで通るから。大西の凛とした声で、緊張感が出ると考えたから選びました」

副キャプテンの言葉で、責任が奈々子の上に一気に重くのしかかってきた。

もともと生真面目な奈々子だ。部を引っ張る立場になり〝統制〟という役割をやり遂げるために、とくにひとつ下の学年に厳しく接してきた。必要以上に目を光らせ、舐められないように声をあげて、後輩を叱咤激励《しったげきれい》した。

従うだけだった一年のころは、自分たちが上になったら部活の上下関係なんか廃止して、和気藹々とした部にしよう、などと言い合っていた。だが、実際に上になると、そんなことは言っていられないのだと痛感した。甘やかしていると、緊張感がなくなり士気が下がる。それは試合の勝敗にも直結した。

同期の仲間は、奈々子の辛《つら》さはわかってくれた。後輩からは見えないところで、協力して励まし合った。怪我や故障を抱えながら、五人で最後の引退試合まで参加できたことは、奈々子の誇りだ。高校で、苦楽を共にしたかけがえのない仲間ができたこともよかった。

けれども、部活一色の日々で、高校生らしい楽しい生活を送れただろうか、と疑問に思う。一年二年の夏休みは、ずっと練習と合宿と試合で、休みはたった二日間。バスケ部を引退した後は、夏休みも年末年始も受験勉強漬け。

なにを基準に青春とするかは、人それぞれだろう。けれども、ほかの高校生が体験しているであろう楽しい青春というものを、奈々子は味わっていない気がしてならない。もちろん、自分が選んだことだからと諦めている。それでも入部時に先輩から言われた「卒業のときに、わたしの青春を返せって叫ぶことになるよ」という言葉が、奈々子の脳裏に繰り返し響いた。

そんな奈々子も三年になり、部を引退した。二年に副キャプテンと統制を引き継ぐときは、同じように、責任感があり声の通る後輩を選んだ。

自分のときのような重圧を感じるのではないかと危惧したが、彼女は、意外にもあっさりと統制を受けいれた。

「へえ、そんな役割があったんですね。どうりで大西先輩は、ほかの先輩よりも厳しいなって思っていました。はい、ちゃんと伝統を守っていきます」

笑顔でそこまで言われて、奈々子は拍子抜けした。肩の荷が下りたが、同時に、ただ自分だけが真面目に受け止めすぎたのではないのか、とも思った。

引退後は、奈々子は部活に一度も顔を出していない。三年がいたら、部活を引っ張っていく二年がやりにくいだろうと考えたからだ。

最後だからと部室を見にいったせいで、これまでの三年間に抱えていた思いが、奈々子の胸に一気によみがえってきた。統制を引き継いだ二年は、奈々子の役割を理解してくれたが、いま部室で出会った三人は、奈々子の思いなど与《あずか》り知らぬことだ。先ほどの反応から、奈々子は、怖く厳しい先輩だと思われていることがわかる。

奈々子は、三年の教室に戻った。杏梨は、口もとをほころばせて、自分の前の空いている席へ奈々子を手招く。

「奈々子。わたし、卒業式で泣いちゃうかも」

「杏梨は泣くかもね。映画でも小説でも、すぐに涙腺がゆるんじゃうもの」

「そんなこと言って。奈々子も泣くかもよ？」

「わたしは泣かないかな。別れが悲しい友だちも、ほかにいないし……」

「またまた、そんなこと言っちゃって」

部で苦楽を共にした仲間とは、引退した直後に、誰にも見られないところで肩を抱き合った。クラスが違うために、引退後は会うこともなくなった。だから、高校の卒業式だからといって、いまさら悲しみの涙は流さないだろう。

奈々子がそう考えたとき、クラス担任が教室に入ってきた。

「はい！　みんな、いまから講堂に移動するからね。廊下に一列に並んで！」

卒業証書授与で、全員の名前が順番に呼ばれて、返事をして立ちあがる。卒業式は、滞りなく行われた。式の時間は、あっという間だ。最後のほうでは、『仰げば尊し』と『蛍の光』、そして『巣立ちの歌』を歌った。

歌は、気分を盛りあげる。この歌が最後だ、もう卒業なんだと、いやでも思わされる。あちらこちらから、すすり泣く声が聞こえだして、やがてさざ波のように押し寄せる。それでも、奈々子に涙はなかった。

歌いながら、徐々にひとつの感情が湧きあがってくる。高校最後の卒業式なのに、悲しみではなく、強いて言えば憤りに近い感情だ。

厳しい練習の記憶しかない日々、後輩に疎《うと》んじられる役目。

先輩の言葉は呪縛《じゅばく》だ。時限式で、卒業式の日に発動する呪縛だ。

いま、わたしの青春を返せと、とてつもなく大声で叫びたい。


卒業式が終わり、講堂から卒業生がぞろぞろと退出した。そのあとは卒業証書を受け取るために、各教室へ戻る流れになっている。

奈々子は、講堂では離れていた杏梨の姿を探した。卒業生でごった返す中で、すぐに目のふちを赤く染めた親友を見つけだす。手を振ろうとしたとき。

「大西先輩、失礼します！」

ふいに横から名前を呼ばれて、ハッと奈々子は顔を向ける。そこには、今朝部室で会った二年生のひとりが立っていた。驚いて足が止まった奈々子のもとへ、卒業生を掻き分けながら二年生は近寄ってくる。そして、奈々子の腕に自分の腕を回すと、卒業生の波に逆らうように引っ張った。

奈々子は、わけがわからないまま、助けを求めるように杏梨を見る。すると親友は笑いながら、教室で待っているからねぇと、手を振った。

奈々子は二年生に、ひとがまばらな中庭に連れてこられた。そこには、バスケ部の残りの二年生たちが勢ぞろいして待っている。誰もが満面の笑みで、大西先輩、こっちです！　と、両手をあげて振っている。

「え？　なに？　これって……」

「大西先輩、ご卒業、おめでとうございます！」

二年生は次々と、奈々子へお祝いの言葉を口にする。部室にいた二年生のひとりが、大きな花束を手渡してきた。別のひとりが奈々子へ色紙を手渡す。

「大西先輩、いきなり部室に来ちゃうから、慌てて隠しちゃいましたよお」

照れたように唇を尖らせながらつぶやいた二年生からは、奈々子が囚われていた上下関係の決まりの悪さなど、微塵《みじん》も感じられなかった。

やがて奈々子のあとから、同期のキャプテン堺田が、一年生に引っ張られるようにして姿を見せた。立て続けに残りの同期が集められて花束を渡される様子に、ふいに喉の奥になにかがこみあげ、奈々子の目の奥が熱くなる。

伝うものを見られたくなくて、顔を伏せるように、腕の中にある花束にうずめた。

こうして後輩に囲まれて、自分は嬉しさを感じている。

部活漬けの高校生活も、意外と悪くなかったのかもしれない。

いまなら奈々子は、あの先輩に胸を張って言えるだろう。

「先輩。わたしは、青春を返せなんて言わない。これが、わたしが本当に過ごした、かけがえのない青春だから」

小さな卒業式

水城正太郎

自宅近くを歩いているとき、卒業式帰りの中学生とすれ違った。彼らは口々に式で大げさに泣いていた女子のことを嘲笑していた。

「どうしてあんなに泣くんだろうな」

「結局ＬＩＮＥ交換とかしてるし、卒業してから遊ばなくなるなら、そいつらが勝手にそうしただけなんだから泣くことないって思うぜ」

「先生にお世話になったとかも、心の底からないよなぁ」

いつかの僕も、同じようなことを考えていた。いつの時代でも、中学生男子なんて斜に構えるのが格好いいと思っている。通り過ぎていった彼らもそういう時期にあるのだろう。僕はそれを微笑ましく見送った。

だが、その夕暮れの他愛のない会話が、不意に僕の中に眠っていた記憶を呼び覚ました。それは引き抜かれた草の根が土をぼっこりとへこませるみたいに僕の心をえぐり取って、落ち着かない感じだけを残していった。

僕をそんな気持ちにしたのは、過去に不思議な、今でも気持ちを処理しきれていない卒業式を体験したことがあるからだ。今からその話をしよう。

その頃も卒業式は今と大きくは変わらなかったと思う。ほとんどが形式的で、特別な年でもなければ泣く者も少なく、人によっては鬱陶《うっとう》しくさえある。僕の卒業式もそういう普通のものだった。

だけど、僕が語りたいのはそこじゃない。そういう正式な卒業式の後に出席させられたもうひとつの小さな卒業式の方だ。

「小野寺《おのでら》ぁ、本番の卒業式が終わったら、ちょっと教室に残っててくれ」

卒業式が近づいたある日、そう声をかけられた。古井《ふるい》先生は中学の三年間ずっと僕の担任だったが、親しく話すという間柄にはついにならなかった。熱血漢というか、暑苦しいところがあり、苦手なタイプだったのだ。

「え？　そんな時にですか？　卒業式の前じゃいけないんですか？」

「前じゃ駄目なんだ。でも、用事は当日まで言えない。小野寺のことを信用していないわけじゃないが、みんなに知られたくない用事なんだよ。卒業式の後に友達や親御さんと一緒に帰りたいだろうが、先に帰ってもらって、後で合流するようにしてくれ」

古井先生は神妙な、しかし有無を言わせぬ感じで言った。

そうなると僕には逆らうという選択肢はない。

「わかりました。でも……」

僕は口ごもった。そんなことを言われて不安にならないわけがない。それを察したのか、古井先生は大げさに頭を下げた。

「すまん！　でも心配しないでくれ。悪いことじゃないんだ。小野寺にも迷惑はかからない。安心していい」

僕は素直に「わかりました」と答えたが、正直気は重かった。両親は先に帰ると言っていたからいいとして、翌日、卒業式後に遊ぶことになっていた岩坂《いわさか》たちにそれを伝えたときが問題だった。卒業式当日は帰宅後に岩坂の家に集合、と決めたのはいいが、先生の用件が何かで盛り上がり、いろいろ詮索される羽目になったのだ。「まさか古井先生、小野寺の第二ボタンを欲しがって……」とか「お前だけ留年するってことだな」などのからかいを否定するのに必死にならなきゃいけなかった。

そして、問題の卒業式当日、式は滞りなく進んだ。生徒の送辞と答辞で何人かの保護者と新任の先生だけが泣いて、後は静かなものだった。僕が卒業式で気になったことといえば、先生からの呼び出しで、うっかりクラスの女子から告白されるチャンスを逃したりしたら嫌だな、くらいのもので、それもモテる男子は事前にそれとなく根回しされているものだと気づいてからは、夢想以上のものではなくなっていた。

式が終わり、僕はみんなとは逆の方向に歩いていった。教室には誰も居なくて、黒板に書かれた〝卒業おめでとう〟の文字がやたらと目立つ。僕が消してしまおうか、という思いがよぎったが、それも子供っぽいと考え直したとき、古井先生が笑顔で入ってきた。

「おう、悪かったな、小野寺ぁ。実はもうひとつ卒業式があってな。それで残ってもらったんだ。覚えてるだろ、一年のときの根本《ねもと》、根本蓮《れん》」

「誰……ですか？」

僕が聞き返すと、古井先生はどこか気まずそうな苦笑いを浮かべ「覚えてないかぁ」と後頭部に手を当てた。

「一年で学校に来なくなっちゃった根本だよ」

「あ……あ、はい」

古井先生の言葉で思い出した。それでも「あ！　そう言えば！」という具合にはならなかった。まるで印象がないのだ。

「学校に来なかった生徒でも卒業できるんですか？」

「出席日数は足りないんだけど、校長先生が許せば正式に卒業できるんだ」

「なんで僕が呼ばれたんです？」

そんな一人だけの卒業式に呼ばれる意味がわからない。すると古井先生は少しだけ僕を疑うような顔になった。

「根本が卒業式に出てくれって小野寺を指名してきたんだ。その……いじめたりとかしてないよな？」

「いや、さすがにない……と思います」

そもそも根本君とはろくに話していない。というより、根本君と話をした者など誰もいないだろう。クラス内でみんなが仲良くなる前にいなくなってしまったという印象だ。確かに小学校からの友達が固まりやすくはあった中、根本君だけ他所《よそ》から越してきたから馴染みづらかったとは思うが、いじめはなかったというより、いじめることすら難しかったはずだ。

「ならいいんだ。根本は高校に行かず、工場に就職するんだ。ぜひとも祝ってやってくれ！　それじゃ呼んでくるから」

古井先生はそう言って僕の肩を叩き、一旦教室を出ていった。

それから根本君との関係を思い出そうと考え込んだが、いまひとつわからない。焦るような気持ちすら湧き上がってきた頃、古井先生が戻ってきた。

先生の後について小柄な、僕と同じくらいの年齢の子が入ってきた。ほとんど初めて見るような顔だ。記憶にないのだから当たり前だけれど。

根本君はひどくおどおどしていた。コントでオタクのフリをする芸人がやるみたいに首をすくめて下を向き、落ち着きなく足をもぞもぞと動かしている。

「根本君の希望で、一人で、いや二人での卒業式となりました」

古井先生は形式張って言った。それから「拍手」と僕に向かって言った。

ぱち、ぱち。

と僕は小さく途切れ気味な音を出した。何をするか事前に聞いていなかったので、思い切り拍手するような心の準備ができていなかった。

拍手を受けた方の根本君も、きまり悪そうにしている。

その顔は、もちろん気が強そうではなかったし、かと言って真面目そうでもなかった。昔のサラリーマンみたいに髪をぴっちりと七三分けに整えているのに処理されていない眉は濃く、その下の目もしょぼしょぼしていて、唇は太い。そして頬はニキビだらけだった。おまけに制服は一年生の時のもので、着る機会がほとんどなかったためか新品みたいな光沢で、サイズもまるで合っていなかった。袖と裾から細い手首と足首が不自然にはみ出していて、第一ボタンが留まらないシャツに結ばれたネクタイもかなりゆるんでいた。

僕はまったくどうしていいのかわからなくなり、古井先生の方を見たが、先生は生真面目な表情になり、直立して声を張り上げた。

「これより、根本蓮君の卒業式を執り行います！　国歌、校歌を省略し、卒業証書を授与させていただきます。卒業生、根本蓮君！　前へ！」

根本君はひょこひょこと教卓の前に移動した。もともと教壇近くに立っていたのだから遠回りするようなものだったが、先生はじっと待っていた。

「礼！　根本蓮君、ここに君が本学を卒業したことを証し、これを祝します！」

先生が卒業証書を読み上げ、根本君が、かくんと首が折れたみたいな妙なお辞儀をした。本当はここで拍手をするべきだったが、僕は動けなかった。

「卒業する根本君から言葉がある。根本君」

そう言われた根本君は、受け取った卒業証書をだらんと片手に提げて持ったまま僕の方を振り返り、何度か目を見ようとして、結局、落ち着かない様子で首をキョロキョロさせながら話しはじめた。

「お……小野寺くん。来てくれてありがとう。ぼ、僕の卒業式に……。僕は、君の言葉がきっかけでガラス職人になりました。卒業して、工場の高橋《たかはし》さんの弟子になります。ありがとうございました」

くぐもった声が僕への感謝を告げていた。

僕はまるで予想していなかった言葉に驚いた。何にも覚えがなかったからだ。でも事前に用意して何度も練習したかのような口調だったし、根本君がわざわざ嘘を言う理由はない。

「何か、誤解なんじゃないの？」

僕は思わずそう言っていた。

「い、いや……あの……」

根本君は困惑してさらにおどおどした様子がひどくなった。

「いや、根本君のご家族に話を伺ったことがある」

古井先生が根本君に助け舟を出した。

「根本君が学校でシャボン玉を吹いていたとき、そんなことをしていたらいじめられてしまうぞ、と注意した上で、大きく膨らますのが上手いからガラス職人に向いているんじゃないかと小野寺がアドバイスをしたんだと。それで根本君はたまたま近くにあったガラス工場に見学に通うようになり、そこで勧められて職人を目指すようになったんだ」

僕は呆れてしまって「はぁ」と答えるのが精一杯だった。

中学一年生でシャボン玉で遊ぶなんて子供っぽさに驚いたことがあったのは思い出した。その場にいたのが僕だけだったから「そんなことをしていたらいじめられるぞ」と言ったのは事実だ。だけどガラス職人に向いていると言ったことは本当に覚えていない。そもそもその流れなら僕も皮肉やからかいで言ったはずで、少なくとも善意からではない。

「あ、ああ……言ったかも、しれません」

僕はひどく居心地の悪い気分になってきた。それまでも自分が場違いな所にいるとは思っていたけれど、この場を離れたくて仕方なくなってきた。

「おめでとう。これで式は終わりですか？」

思いがけず強い言葉で言ってしまった。

古井先生が僕の気持ちを察したのか、怒ったような声が返ってきた。

「あのな、小野寺ぁ。そりゃあ親友ってわけじゃないだろうが、友達の卒業はきっちり祝ってやれ。お前達の年代は冷めているってのはわかるし、泣けって言ってるわけでもない。でもな、みんなの卒業式がどこか淡々としているのは、お前たちが高校に行くからで、生活もほとんど変わらないからだよ。先生も大学の教職課程に行って、用意された課題をこなしていたら先生になってしまっただけだから、ちゃんと卒業した気分になんかなったことはない。でもな、根本君は違う。彼はここが人生で一回しかない本当の卒業なんだよ」

熱の入った言葉だった。でも、僕は古井先生のこういう熱が嫌いなのだ。

「わかりました。根本君、卒業、おめでとう」

僕はおざなりに拍手をした。

古井先生はイラっとしたみたいだったけれど、僕の拍手より何倍も大きな音で根本君に向かって拍手をした。

その拍手も僕のいたたまれない気持ちを後押しする効果しかなかったが、さすがに「もう帰っていいですか？」とは言い出せず、僕は数歩後ずさるようにして古井先生の気配を窺った。先生はあきらめたように宣言した。

「これで根本君の卒業式を終わります！」

僕はすぐにカバンをつかみ、卒業証書を入れた筒を手にした。が、その場から駆け出していくのも微妙な空気だった。僕は教室の扉に手をかけて、先生と根本君の方を振り返った。

根本君は僕に話しかけたそうにしていた。と、意を決したように僕に駆け寄ってきて、ポケットから出した細長い小箱を突き出してくる。

「こ……これ、僕が作った」

女子から告白されるみたいなシチュエーションだったけれど、僕はなんとも言えぬ困惑だけを感じていた。

「うん」

僕はうなずいただけでそれを受け取り、すぐにカバンに入れた。それからも根本君は何か言おうとしてやめる、というのを繰り返したので、僕は一方的に「おめでとうございます」と形式的な言葉を口にして頭を下げると、早足でその場を去った。

整理のつかない妙なざわつきを忘れたくて、急ぎ足で家に帰ると、荷物と制服を部屋に放り投げて岩坂の家に行き、ひとしきりゲームをした。もちろんこのもうひとつの卒業式のことは岩坂たちにも隠さずに話した。「根本って一回も会ったことないな。それにしても、なんだよその笑い話は」とか「そんな言葉でガラス職人になるやつがいるかね」と笑いあって、僕の気持ちも少しだけ晴れた。

そうだ、これは笑い話だったのだ。なんだかよくわからないけれど学校に来なくなってしまった気弱な子が、ひょんな誤解に過ぎない言葉から就職を決めてしまったというだけのことだ。僕が何かをしたわけじゃない。

そう考えたら楽になり、家に帰り、もらった箱を開けてみる気になった。自分で作ったというが、まだ中学生なのだから、観光地の作業体験で作れるようなガラス玉でも入っているのだろう。

ところが出てきたのは一本のガラスペンだった。

ねじった飴のような棒状で、薄い青色に輝いていた。毛筆を氷で固めたみたいな印象もあったが、インクを含ませる部分はアーモンド状に優しく膨れてから先端へと鋭い見事なカーブを描き、毛筆とは違う印象を与えていた。

手にとってみると、ねじれを構成するなめらかな筋がぬるりと指の皮膚に馴染んだ。適度な硬さと重さがあるのに、光にかざすと繊細な虹色の薄いシャボン玉の膜のようにも見えるのだった。

それをガラスペンと呼ぶのだということや使い方は後になってから知ったのだけど、その時の僕でも、それを作るのにはきっちりと修業をしなければいけないことくらい即座に理解できた。根本君は学校には来なかったが、ガラス職人の師匠のもとには毎日通っていたのだろう。

彼は大したやつだ。

そう気づくと、真剣に彼の卒業を祝ってやれなかったことに対する自責の念が湧いてきた。あの卒業式は僕が感じていたような茶番などでなく、彼が中学を卒業できたことに心からの拍手を送らなくてはならなかったのだ。

古井先生の熱血な言葉も今更のように僕の胸を刺した。僕を含む大半の生徒は先生の言葉通りまだ本当の卒業をしていない。まだ根本君のようにこれから先のことを決めたわけじゃないからだ。

もちろんきっちり高校に行って、大学を受験し、それから就職先を選ぶ。それが悪いわけじゃない。根本君は卒業が早かっただけだ。

しかし何を言っても言い訳になる。僕のしたことはもう取り消せない。根本君の住所を先生に聞いて謝りに行くことだってできたが、それも違う気がした。根本君とこれから友だちになろうなんて微塵《みじん》も思ってない。いや、二度と会わないであろう関係だからこそ本気で祝い、きちんとお別れをしなければいけなかったのだ。

これが僕の体験した小さな卒業式だ。今振り返っても落ち着かない気持ちになる一方で、若さゆえのありがちなエピソードに過ぎないとも思える。それでも僕はこんな見事なガラスペンをその後も見たことはない。ただ彼が良い職人になったかどうかは今でも調べられずにいる。

春の歌

霜月りつ

目の前に赤い炎が噴きあがっている。

炎の中に見え隠れする三角の屋根。ああ、あれは僕たちの学校だ。

夜の中、地面は炎で真っ赤に染まり、その照り返しを受けた金色の飛行機が飛んで行くのが見える。重そうな腹の中にあるのは焼夷弾だ。

燃える、燃える、燃える。

学校が、家が、僕たちの街が、足元が……！

「わあっ！」

柴田孝三郎《しばたこうざぶろう》は悲鳴をあげて目を覚ました。心臓が太鼓を打つような勢いで動いている。朝の冷気が汗をかいた額をひんやりと撫《な》でてゆく。

「夢、か」

柴田は大きく息をつき、もう一度枕に沈んだ。

（ひどい夢だ）

たぶん、寝る前に戦争映画なんか観たせいだろう。

（学校の夢なんか、ずいぶん久しぶりに見た。覚えているものだな……もうあ

れから……七〇年は経っているのに)

顔を洗い、前日水につけておいた入れ歯をはめる。にっと歯を剝きだしてみたその顔は、しわだらけだ。

守川《もりかわ》国民学校……それが柴田が七五年前に通っていた小学校だ。

(校舎は焼けてしまった。生徒たちもバラバラになって……結局、俺は守川学校で卒業式ができなかったな)

翌年、終戦を迎え、改めて高等科に入ったが、守川ではなかった。

(今頃そんなことを思い出すなんてな)

柴田は両手で頰を押さえ、顔のしわを伸ばした。

夢は予感だったのかもしれない。翌日、思いがけない相手から電話がかかってきた。

「もしもし……柴田さんのお宅ですか？　孝三郎くんはご在宅でしょうか」

電話の相手はなんと、守川国民学校の同級生、大山甚五《おおやまじんご》だった。

「柴田！」

「大山！」

喫茶店で待ち合わせ、柴田は同級生の顔を見て驚いた。互いにしわくちゃな年寄りになって、見も知らぬ相手になっているだろうと思ったのに、その老いた貌《かお》の中に確かにやんちゃな子供の面影が残っていたのだ。

「懐かしいな」

「お互いもう八七か」

熱いコーヒーを飲みながら近況から当時のことを話しあう。あの日、炎の中を逃げ回った話をしていると、晩秋の空気の中に焦げた匂いさえ感じ取れる。

大山は今、当時の守川国民学校の同期生を探しているのだという。

「校舎が燃えて、俺たちは守川で卒業式ができなかっただろう？　七五年という節目だし、卒業式をやりたいんだよ」

「だけど、同級生を探すだけでも大変だろう」

「今、市内の名前を憶えている連中に片っ端から電話をかけているんだ」

今時電話帳に名前を掲載するのは年寄りだけだし、と大山は笑った。

「お前も名前を憶えているやつ、一人か二人いるだろう？　協力してくれ」

大山の熱意にほだされ、柴田も協力することにした。二人で旧友の名前を書きだし、分担して電話をかける。

何件目かにようやく一人見つかった。その旧友が今でもつきあいがある、という友人を紹介してくれて、記憶の中の名前が増えてゆく。

四人目が見つかった時点で「新聞広告を出そう」という話がでた。広告料は高いが四人で分担すれば小遣いから出せる。ネットに詳しいものもいて、SNSで呼びかけてみると言ってきた。

「ネットを見ているやつがいるかな？」

「本人が見ていなくても子供や孫が見るかもしれない。話題になればそれだけ目に触れる機会が増える」

やがて柴田たちの努力が実り、役所の人間が協力を申し出てくれた。当時の学校の名簿を探し出してくれたのだ。

おかげで三〇人近くの所在が判明した。しかしそのうち半分は亡くなっていたり、入院中だったりして、集まれるのはようやく七人。

「七人か……」

「クロサワの映画のようだな」

柴田と大山は寂しく笑った。

そこへ佳鳥《かとり》から電話があった。組は違うが、同じ年に入学した男だった。

「山本宗太《やまもとそうた》の所在がわかった。山本は柴田くんの同級だっただろう?」

山本宗太!

その名前に鮮やかに記憶が甦る。

そうだ、彼は級長だった。いつも真っ白なシャツを着て、いいとこの坊ちゃんで、頭が良くて行動力もあって、そしてとんでもなく足が速かった。

「山本くんが……達者なのか……」

佳鳥から聞いた電話番号に電話をかける。今までで一番心臓の鼓動が激しい。

思い返せば自分は山本に憧れていた。彼のようになりたいと思っていた。国民学校の高等科どまりだろう自分と違い、彼は大学まで行けるはずだった。

今、彼はどうしているのだろうか。運動選手になったか学者になったか、うんと成功して悠々自適の老後を送っているだろうか。

「もしもし」

受話器があがり、不機嫌そうな低い声が聞こえた。

「もしもし、山本さんのお宅ですか？　宗太さんは……守川学校を卒業された宗太さんはいらっしゃいますか？」

相手は受話器の向こうで沈黙した。

「あの、私は柴田と言います。柴田孝三郎です。守川学校の同級生の」

ガチャン、と電話が切られた。受話器の向こうでプープーと不通音がする。

「え？」

もしかしてなにかの拍子に電話が切れたのだろうか？

柴田はもう一度かけたが、相手が出ることはなかった。

そのあと、柴田と大山が交互に電話をしても、山本は出なかった。たまに電話をとっても名乗ると切ってしまう。

(どういうことだろう?)

柴田は首をひねった。

山本はこちらと話したくないのだろうか?

電話帳には住所も記載されている。柴田はじかに訪ねてみようと思い立った。山本に迷惑がられるかもしれないが、それなら顔を見て断られたい。

免許は返納してしまったので、息子の嫁が運転する車で山本の家までやってきた。

山本の家はごく質素な造りで、瓦の載った数寄屋門でも建っているのだろうと思っていた柴田はちょっと驚いた。

インタフォンを押すと「はい」と若々しい声が応える。

「あの、私、柴田孝三郎といいます。こちらの山本さんは守川学校の同級生ではないかと思いお訪ねしました。もしそうならお話ししたいことがあるんですが」

インタフォンの奥で「お待ちください」という声が聞こえ、柴田は待った。

しばらくして玄関の引き戸が開き、柴田の孫くらいの年齢の青年が顔を出した。

「すみません……祖父は確かに守川学校の生徒ではあるんですが、会いたくないと言ってまして」

「え？」

「ご足労頂いたのにすみません」

「あ、あの」

すぐに引っ込もうとする青年に、柴田は追いすがった。

「実は我々は守川学校の残っている生徒で卒業式をしようと思っているんです。我々の校舎は焼けて卒業できなかったんです。それであちこち探して今七人です。山本さんがいれば八人になります。守川学校の卒業生だというならきっと同期生です、ぜひ一度お話をさせていただけませんか？」

それを聞いた青年は少し申し訳なさそうな顔になり、「同期生の方ですか……それならなおさら会わないと思います」と言った。

「なぜですか？」

「それは……」

青年が何か言おうと口を開いたとき、背後から「マサル！」と苛立たしげな怒鳴り声が聞こえた。

「すみません」

マサルという名らしい青年――おそらく孫は戸を閉めた。柴田は呆然と閉められた戸を見つめて立ち尽くした。

その話を大山にすると、彼は憤慨した。髪の一本もない頭が赤くなる。

「そいつが級長に間違いないんだろ、生きているんだから引っ張り出そう」

翌日大山が山本の家に向かったが、やはり山本は顔をみせなかったらしい。

「しょうがない。山本は諦めよう」

「もう少し時間をくれ」

柴田は大山を説得した。

「俺がもっと掛け合ってみるから」

その日から柴田は毎日山本の家へ出向いた。嫁が車を出せない日はタクシーを使った。ほとんどはインタフォン越しに「帰れ」の一言だったが、留守の日はなかった。

今日もダメだった。山本は顔を出しもしない。

ため息をつき、帰ろうとした柴田の耳に玄関の戸が開く音がした。期待を込めて振り向いたが、そこにいたのは孫のマサルだった。

「すみません、毎日来ていただいて」

玄関から外へ出て、マサルが小声で言った。

「じいちゃん、きっと意地になっているだけなんです」

「どういうことかな」

「じいちゃん、一〇年ほど前に、詐欺にあったんです。同級生を名乗る男に」

「え……」

詳しく聞くと、山本の家に来たその男は、守川学校の碑を建てるといって金を借りたらしい。

「じいちゃんが貯めていたお金……五百万です」

「それは……大変だったな」

「じいちゃん、連絡が来るのをずっと待ってたんです。でも警察が来て詐欺被害がわかってから落ち込んでしまって……。柴田さんのことも最初は詐欺だと思っていたみたいです。でもこうして毎日来てくださって、じいちゃんもほんとは卒業式やりたいはずなんです。守川学校の話、最近するようになって、懐かしそうなんですよ」

「そうか」

柴田は山本の自宅を振り返った。もしかしたら今、山本は玄関に立って耳を澄ませているかもしれない。

「意地か……意地っていうのは、この年になると意外とやっかいでね」

柴田は考えた。山本の意地の壁を突き崩す方法を。

「もう一回来ます。それでだめなら諦める……ちょっと時間がかかるかもしれんが、必ずもう一度迎えに来ると伝えておいてください」

柴田が言うとマサルはとまどいながらもうなずいた。

それから一〇日後、約束通り柴田は山本の家にやってきた。今度は一人ではない、大山を始め、卒業式をやろうとしている七人が一緒だ。

「いいか、みんな」

柴田の言葉に六人はうなずいた。山本の家の前にずらりと並ぶ。

「それじゃあ、たのむ」

大山が言って、彼の孫の少女が老人たちの前に立った。

「じゃあ、おじいちゃんたち。練習の成果を見せてね」

少女の手が上がる。老人たちは息を吸った。

振り下ろされる。

それに合わせてしわだらけの口から、入れ歯の入った口から、髭に覆われた口から、歌が飛び出した。

朝風に雲は流れる
我らの頬に陽ぞさして
学び励みつ
見よ　我ら行く行く　守川の学舎

山本の心を溶かそうと、柴田が同期生たちに呼びかけた。校歌を覚えていないものも多かったので、何日かかけて練習もした。大山の孫が合唱部だというので指導も受けた。おかげで多少なりとも聞ける歌になった。

柴田は日差しの中で声を張り上げる。歌っていると七五年も昔のことが昨日のことのように思い出された。

ああ、あの頃はみんな若かった、子供だった。明日のことばかり考えて、素晴らしい大人になることを夢見ていた。

今、俺たちはあの頃の子供たちに誇れる大人になっているだろうか？

夢見た素晴らしい世界を作っているだろうか？

三番までを歌い、さあ、もう一度と指揮者が手を振り上げたときだった。

ガラガラッと大きな音をたてて玄関が開いた。そこにはシャツの上から腹巻を巻いた老人がいた。

「級長――」

山本宗太は両の頬を涙で濡らしていた。手を前に出してよろよろと進み出る。

「朝風に……雲は流れる……我らの頬に……陽ぞ……さして……」

山本の口から歌が零《こぼ》れた。涙が伝い、止まらない。

「守川の歌だ……学校の歌だ」

「そうだよ、級長」

七人は山本を囲んだ。その背を肩を叩き、腕を取って振った。

「すまなかった、すまんかった……」

山本は何度も何度も七人に謝った。

「いいんだ、級長。気持ちはわかるさ」

「出てきてくれただけで嬉しいよ」

山本は泣き続けた。あとから玄関に出てきたマサルも洟をすすった。

「よかったねえ、じいちゃん」


それから。

守川学校のあった場所、そこはもうマンションが建っていたので、少し離れた公園で柴田たちは卒業式を執り行った。天気も良く、公園は桃の花盛りだ。記念品を扱っている店で購入した賞状に名を書き入れ、山本の孫のマサルを教師役にして、うやうやしく賞状を受け取った。

「卒業おめでとうございます」

一緒についてきてくれた家族たちの拍手に包まれ、八人は記念写真を撮る。

七五年経ってようやく卒業式ができた。

燃え上る夜の夢はきっともう見ない。

青空に輝く校舎の幻影を見て、柴田は胸の中で校歌を歌った。

翼があるなら

猫屋ちゃき

最後のホームルームを終えて校舎の外に出ると、空気がキンと冷たかった。三月とはいえ、まだ春の気配は遠い。それは空気だけの話ではなくて、みんなの雰囲気もそうだ。

「卒業式っていっても、まだあまりしんみりはできないわね。推薦組や私立の子以外、まだ合否が出てないから、感傷にも浸れないものね」

隣を歩くお母さんが、他の子たちを不思議そうに眺めて言った。みんな、門へ向かって流されるみたいに歩いている。中学の卒業式のときのような、立ち止まって涙を拭ったり、みんなで写真を撮ったりという空気はない。お母さんの言うとおりで、卒業式だからといって感傷に浸れる余裕はまだないのだ。

国公立大学の前期日程の合格発表を数日後に控えているし、そこでだめだったらすぐに後期日程の準備をしなくてはいけない。合格したとしても今度は入学手続きや、県外に行く人は家探しなんかもあって、別れを惜しんだり悲しんだりしている余裕はない。それに、卒業式のあとも諸々の報告や手続きでまた学校に来なくてはいけないから、そのときに会えるねと仲がいい子たちとは話している。

友達には、また会えるのだ。でも、ただの友達じゃない人とは、機会を逃したらもう会えない気がする。

「里香《りか》、これからご飯でも行く？　夜はお寿司取るから、パスタとかどう？」

考え事をしているうちに、校門を出ていた。お母さんの声に意識を現実に引き戻されたけれど、私の今の気分は昼食のことなんて考えられない。

迷っていたらもう、きっと会えなくなってしまうだろう。だから、私は今すぐ向かうことにした。

「お母さん、ごめん！　まだお礼を言えてない人がいるから」

「ちょっと、里香！」

お母さんが止めるのも聞かないで、私は走り出していた。

向かうのは、高校の近くの住宅街の中にある駄菓子屋さん。私の悩みを聞いて背中を押してくれたきれいなお姉さん――ショーコさんがいる、古き良き雰囲気の駄菓子屋さんだ。

会いたいと、強く思いながら走るけれど、心のどこかではもしかしたら会えないかもしれないなと思ってしまう。ショーコさんは私にとって自由そのものみたいな人で、わざわざ卒業式だからって待ってくれてはいない気がする。

焦りと寂しさに突き動かされて、私は走った。


ショーコさんと出会ったのは、受験勉強が本格化するといわれる長い夏の始まる頃のことだった。

その日も馬鹿みたいに暑くて、放課後になってみんなで予備校の前にアイスを食べに行こうとか、そんな話になっていた。

正直私は行きたくなくて、でも友達にそれをどう伝えたらいいんだろうって考えたら憂鬱で、それだけのことでひどくうんざりしてしまっていた。

いつもいつも周りの顔色をうかがっていい子にしてきたから、こういうときにどう切り出したらいいか、よくわからなかったのだ。周りに合わせるほうが楽で、それがわりと得意だったから。

でも少しずつそういうのに疲れていって、その日は疲れがピークに達してしまったのだと思う。

「ごめん。今日、用事あるから」

そう言って、私は昇降口で駅に向かう友達と別れて歩き出した。本当は用事なんてないし、駅とは反対方向に歩き出しても、行くあてなんてなかったけれど。

そうやってみんなの輪から外れないと、息が詰まって仕方がなかったのだ。

電車通学だから、駅とは反対方向に行ってしまうと、あたりは知らない景色だった。適当に時間を潰そうにも、全く何もわからない。だから私は仕方なく、本当にぷらぷらと住宅街の中を歩いた。

このあたりでは人があまりいない時間帯なのか、誰かとすれ違うことはなかった。それがすごく気楽で、いつしか私はその知らない景色の中を歩くのが苦ではなくなっていた。

そうやってしばらく歩いていって、私はその駄菓子屋さんを見つけた。

小さな二階建て木造家屋の一階部分が店舗になっていて、店先にはガチャポンが何台かとアイスケース、その横に色あせたベンチが並んでいる。そして店の奥には、色とりどりのお菓子が陳列されているのが見えた。

初めて見るけれど、これがいわゆる懐かしい、ノスタルジックな存在なのだとわかって、私はわくわくした。

それに、高校近くのコンビニなんかと違って同じ学校の人たちに会う心配がなさそうなのもよかった。

だからちょっとだけ、この店の雰囲気を味わいたいなと思ったのだけれど、こういうところで買い物をしたことがなかったから、どうしたらいいかわからずにぼーっと店先を眺めているしかなかった。

そんなふうにしばらく戸惑っていると、店の奥から人が出てきた。こういう店の主としてイメージされがちな、穏やかそうなおばあちゃんかと思ったら、現れたのはTシャツにショートパンツというラフな格好をした若い女性だった。

「いらっしゃい」

「あ、どうも……」

ラフな格好の女性はそのきれいな顔に感じのいい笑みを浮かべて言った。でも、店に入るかどうか考えあぐねているのを見かねたのか、ふらりと店から出てくると、アイスケースからアイスを一本取り出して差し出してきた。

「青春してる？」

「え……くれるってことですか？　ありがとうございます……」

困惑しながらも私がそれを受け取ると、きれいなお姉さんはまた店の中に入って、今度は缶ビール片手に戻ってきた。それからベンチに座ると、自分の横をポンポンと叩いて私に座るよう促した。

仕方なく、私も隣に腰かけて勧められるままアイスをかじった。

お姉さんが飲んでいるのはよく見たらノンアルコールビールで、変なところで真面目な人なのかなとか、でもやっぱり昼間から店先で何か飲んでるのは不真面目なのかなとか、そんなことを考えながら私はアイスを食べた。私がアイスを食べきる間にお姉さんが特に話しかけてくることはなくて、その不思議な時間が私にはとても居心地がよかった。

だから、それ以来私は、この駄菓子屋さんをたびたび訪れるようになったのだ。

美人なお姉さんの名前はショーコさんといって、職業は自由人、らしい。

ショーコさんはいつも店先にいるのに、接客らしい接客はしない。無理やり話しかけてこない。私のことをあれこれ尋ねてこない。それが楽で、顔色をうかがったり話を合わせたりしなくていいのが心地よくて、いつしか私はショーコさんにいろいろ話すようになっていた。友達にも、親にも、先生にも話せないことを。

夏の終わり、進路を決定しなくてはいけないときも、誰にも話せていなかった悩みをショーコさんに相談した。

「周りの言うこと聞いてても、周りは責任を取ってくれないよ。将来後悔しないようにってのもあるけど、なるべくなら誰も恨まなくていい選択をね」

本当は県外の大学に行きたいと思っているけれど親も友達も県内で進学すると思っていること、その期待を裏切ることが怖くてまだ言い出せてないこと——そんなことを打ち明けたとき、ショーコさんはそう言ってくれた。

後悔については、自分でもよく考えていたことだった。でも、恨まないようにという発想は全然自分の中になくて、だからこそすごく納得できた。

周りに合わせていい子のふりをしてこのまま生きていって、その選択で私は誰かを恨んでしまうのかもしれない。そう考えると流されたままではいられなくて、その日家に帰ってすぐに両親に打ち明けた。

当然、お父さんにもお母さんにも猛反対された。そのことをショーコさんに話すと、

「感情に訴えてだめなら、今度は理性的に話してみて。その大学で何を学べるのか。逆に地元の大学では何が足りないのか。それでだめなら……担任に加勢してもらおう」

とまるで悪巧みするみたいな顔でアドバイスしてくれた。

「何も言わずに、ぶつからずにいるより、きちんとぶつかってわかってもらう努力をしたほうが、もしかしたら親のことを嫌いにならずにすむかもしれないからさ」

何だか困ったみたいな顔でそう言い添えてくれたから、私はきちんと親と話し合うことができた。

アドバイスの甲斐あって、時間はかかったけれど両親を説得することができた。言うのをためらっていた友達相手にも、自分の気持ちも含めて伝えられた。

ショーコさんのおかげで、いろんなことがうまくいくようになった。今まで、いい子でいることを周りに求められていると思っていたけれど、実際はそうでもないということに気づけたのだ。私自身もいい子な振る舞いをすることが楽で、周囲はそれを受け止めていただけというところもあったのだろうなと。

ショーコさんは大人の女の人だけれど、他の大人みたいに口うるさいことはなくて、その程よさみたいなところが居心地がよくて、私は受験勉強の合間にも駄菓子屋に通った。

いつでもさりげない温かさで迎えてくれるのが嬉しくて、少しの間だけでもショーコさんと話せるのが楽しくて、心の支えになっていたのだ。だから、「卒業してからも会いに来るね」と言って、大学入試の前期日程が終わってすぐにも会いに来たのだけれど、何となくそのときから、もう会えない気はしていた。

「……やっぱり」

駄菓子屋の前まで行くと、いつもショーコさんが座っている店の中の椅子には、おばあさんが座っていた。今まで何度か会ったことがある、ショーコさんの祖母だという人だ。

「ああ、里香さん。来てくれたのね。今日、卒業式だったんでしょう？　おめでとう」

「ありがとうございます。……ショーコさんは？」

わかっていたことだけれど、尋ねてしまった。おばあさんは首を振って、可愛い前掛けエプロンのポケットから何か取り出した。

「これ、あの子から里香さんにって」

そう言っておばあさんが差し出してきたのは、一枚のポストカードだった。きれいな青空の写真が印刷されたポストカードの裏には、「広い空を見てきます」

とだけ書かれていた。それと、メールアドレスらしきアルファベットの文字列が。

最後に会った日、ショーコさんはすごく晴れやかな笑顔だったことを思い出した。それから、卒業後も会いに来ると言った私に、「私も飛べることを思い出したんだよね」と言ったことを。

たぶん、あの言葉が彼女なりのお別れの言葉だったのだ。

余計なことを聞かずにいてくれる彼女の存在がありがたかったから、私も彼女が自分から話してくれるまで聞かずにおこうと思っていた。でも、そのせいでこんなに唐突なお別れになってしまった。

「あの子は、里香さんのおかげで元気になったんですよ。元気になって、もう一度自分のやりたいことに挑戦する勇気を持つことができたの」

「え……」

言葉を失った私に、穏やかな声でおばあさんは言った。そこには私を慰めようとか、この場をどうにかとりつくろおうとかそんな雰囲気はなくて。だから、本当のことなのだろうと感じる。

「あの子は、ずっと親の言うことを聞いて、期待に応えるために真面目にやってきたの。真面目に生きて、一流の大学に入って、いい企業に就職して……本当は海外に行って自分を試してみたいと思っていたのにね。英語が得意な子で、大学では英語の他にもたくさん語学を学んで。それなのに外に出たいっていう気持ちを堪《こら》えていたから、勤めるうちに疲れ果ててしまって、それで仕事を辞めてうちで休んでいたのよ」

　おばあさんは私の知らなかったショーコさんのことを話してくれた。自由で気ままなお姉さんだと思っていたショーコさんは、私と同じように悩みを抱える人だったのだ。それがわかると、どうして彼女が私に優しかったのかも、理解できた気がした。

「あの子の名前は、〝翔ける〟という字で翔子《しょうこ》なの。あの子に翔べることを思い出させてくれて、ありがとう」

「そんな、お礼なんて……」

おばあさんは本当に嬉しそうに笑って言うから、ショーコさんが決心をしたのはよかったことなのだろう。こんなお別れあんまりだって思うけれど、どこまでもショーコさんらしいかなとも感じてしまう。

「広い空を見てきます、か……」

青空の写真と、その裏に書かれたアドレスを見て、私はにじんでいた涙を拭った。離れても、どこにいるかわからなくても空は繋がっているように、私とショーコさんの縁もこれっきりで切れてしまったわけではない。

だから、このわずかに残してくれた繋がりを大事にしていこうと心に決めた。

それから、ショーコさんとはメールのやりとりで縁は繋がっている。

無視されたらどうしようとか、宛先不明で届かなかったらどうしようとか、たくさん心配しながら大学の合格発表の日にメールを送ったら、なんとあっさり返信が来たのだ。

それ以来、月に何度かメールのやりとりをしている。メールには、ショーコさんが行く先々で撮ったらしい空の写真が添付されていて、日本とは違う空の色や画像の端に写っている街並みから、そこがどこか遠くの景色であることはわかる。でもショーコさんはどの国で何をしているかは教えてくれなくて、お互いに元気でいることくらいしかわからない関係だった。

でも、あるときの写真に写っている建物が、テレビか何かで見たことがあるもので、それをきっかけにショーコさんの居所を探ることができた。

これまでもらった写真を一枚一枚見て、推測した場所を検索してその周辺の景色と照らし合わせてみて、国と地域までは特定ができた。

クイズのつもりなのか、探してごらんということなのか。それともただ写ってしまっただけなのか。わからないけれど、出会って最初のひと言が「青春してる？」なんていうお茶目だった人だ。きっとこんなふうに私が見つけ出してしまうことも、わかっていたに違いない。

そして、私は大学が夏休みに入った八月、空港にいた。向かう先は、もちろんショーコさんがいる国だ。

写真から居場所を突き止めたことをメールすると、詳しい住所を教えてくれた。大学で学んだ語学を活かして、カフェなんかで日本語を教えるプライベートレッスンでお金を稼ぎながら、語学学校の手伝いをして過ごしていることも教えてくれた。

日本に興味を持っている人に、日本をもっと好きになってもらえるよう頑張っているとメールには書かれていた。そのメールに添付されていた写真には、語学学校の生徒さんらしい人たちと元気な姿のショーコさんが写っている。

広い空の下で笑うショーコさんは、駄菓子屋のベンチに座っているときよりさらに素敵に見えた。

だから、私はショーコさんに会いに行く。

ショーコさんが見ている広い空を見るために。

卒業式の日に言えなかったお礼を直接伝えに行くために。

空の翔び方を教えてくれたショーコさんに、翔び方を思い出したショーコさんに、ちゃんと「ありがとう」を伝えたいから。

アルバムには納まり切らない

石田空

修学旅行で、水族館を訪れたことがある。

照明は控えめにされ、マリンブルーに塗り固められた水槽の中を、大きな魚が揺蕩《たゆた》っているのを見た。

制服姿の皆が水槽に視線を注いでいる。私たちの間をぬって歩いているカップルや家族連れ、卒業旅行のグループ、皆が一様に大きな水槽を眺めているのに、私は内心ぞっとしていた。

「すごいね、魚」

「うん、綺麗」

そう言い合いながらカップルが眺めている水槽を見ても、私にはそれがちっとも綺麗には思えなかった。

その水槽の中には海を連想させるような砂も、岩も、海藻さえも入っていなかった。スロープを歩きながら上から下までゆったりと眺めることのできる大きな水槽の中を、ただ大きな魚がのんびりと泳いでいる。

海の底と違って、岩に肌をぶつける心配もなければ、天敵に襲われる危険もない。でも巨大な水槽のあちこちから視線の集中砲火を浴びる。……逃げ場なんてない。

「魚、無茶苦茶大きいな」

隣にいた一緒の班の高峰《たかみね》が当たり前過ぎる感想を口にする。途端にどっと班のメンバーが笑った。これは面白い感想だったのか、と私は自分がずれているんじゃないだろうかと、少しだけ思った。

「そうだね」

だから私も当たり前過ぎる感想を返した。

この魚を見て、まるで私みたいだと思っただなんて、ばっかみたい。

スカートの中がやけにすうすうとするのは、自由登校日になってから、極端にスカートを穿く機会が減ったせいだろう。いくら厚手のタイツを履いていても、寒いものは寒い。

自由登校日がはじまってから、三年生の教室の階は閑散としている。

それでも国立大学を目指している子たちは未だに受験が終わっていなくって、私大組の私たちは通常の登校時間よりも遅い時間に、こそこそ昇降口で靴を履き替えると、三年生の教室に背を向けて図書館へと急ぐ。

「あっ、君島《きみしま》先輩！」

突然に声をかけられ、私はビクッと肩を跳ねさせる。

誰にも見つかりたくないから、通常の登校時間を外したのに。

振り返ると、未だに制服が型崩れしていない男子が立っていた。特に顔に特徴がある訳でもなければ身長が高い訳でもなく、記憶を探ってみてもこの男子がどこの誰なのか思い出せなかった。

男子は私のほうに歩いてくると、頭を下げてきた。

「君島先輩、卒業式にスカーフ渡す相手、もう決まっていますか⁉」

その男子の言葉に、胸に冷たいものが広がるのを感じた。

卒業式間際、現在進行形で受験続行中の子たち以外の三年生の間では、どうやって残り時間を楽しもうかというのが話題になっている。

うちの学校の場合は、卒業式に男子だったら第二ボタンを、女子だったら制服のスカーフを仲のいい相手にあげるという古臭いイベントが、未だにしっかりと残っていた。そして私の場合は、男子から「スカーフをくれ」と頼まれることが多かった。

一度でも顔を合わせたことがあるクラスメイトや同学年の生徒だったら、まだマシなほう。全部断ったけれど。でも見覚えのない、何年生かもわからない男子にまで声をかけられた場合は、どうすればいいのか。

特に仲良くない男子にスカーフをあげるのは、なんだか嫌だと思って断り続けていたら、勝手に「高嶺の花」という言葉がひとり歩きしていく。

違う。友達でもなんでもない人に、自分のものをあげるのが普通に怖いから嫌なだけ。

どう返そう。また「高嶺の花」とか言われるのも困る。お高くとまっているつもりもなく、本当に困るから断っているだけなのに。少しだけ返答に迷っていたところで。

「あーあーあー、君島のスカーフは予約入っているからやめとこう！　俺と一緒に諦めよう！」

そう会話に割り込んできたのは、一緒にいた高峰だった。高校三年間一緒のクラスだった腐れ縁だ。

名前も知らない後輩は一瞬呆気に取られた顔をしたあと、「あ、はい……」と複雑な顔をして立ち去っていった。

納得したようなしてないような態度で去っていく後輩の背中を見送ってから、私は高峰に「ありがとう」と言った。

「気にすんなよ。それにしても、せめて名前くらい名乗れよなあ。どこの誰だかわからないのにスカーフくれって、カツアゲじゃあるまいし」

「……そうかもしれないね」

勇気を出して言いに来てくれたんだろうけど、それで素直にどうぞとスカーフを差し出しておしまいにもできなかった。

私たちは足音を忍ばせて、今度こそ図書館へと向かった。

自由登校日にわざわざ学校に来たのは他でもない、卒業アルバムを制作するためだ。私と高峰は早めに受験から解放されたために、卒業アルバム係となって、図書館で写真の選別をしていた。クラスメイトから集めた写真データを元に選別した写真を印刷して、これらをまとめて先生に引き渡すのだ。

教室では未だに国立狙いの子たちが神経を張り詰めさせたまま、先生と勉強に取り組んでいるために、近付くことも躊躇《ためら》われて、作業はもっぱら図書館に籠もって行《おこな》っていた。

今は他の学年は授業中なせいで、いるのは図書館司書と私たちみたいに作業に来た卒業アルバム係ばかりだった。閲覧席に向かおうとすると、他のクラスの卒業アルバム係の子たちがちらちらとこちらを見てくる。

その視線に困っていたら、高峰が「君島、こっちこっち」と手招きしてきた。そこは職員用の仕切りのしてある席で、閲覧席の中にあっても人の視線は避けられるけど。

「いいのかな、勝手に使って」

「いいんじゃない？　どうせ先生たちも昼休みまで図書館には来ないだろうし」

そう言いながら、職員席で作業をはじめた。ちらりとカウンターのほうを見たけれど、司書さんもなにも言ってこないから大丈夫なんだろうと、さっさと作業に取り掛かった。

はじめたときはいつになったら終わるんだろうと思っていた選別作業も、もう少しで終了だ。これが終わったら、あとは卒業式まで学校に来なくてもいい。

「なあんか、こうして写真見ていると、結構三年間いろいろあったよなあ」

高峰はそうしみじみと言う。彼は交友範囲が広い。だから勝手に周りに「お高くとまっている」扱いされる私も、興味本位ではなくこうして人間扱いしてもらえているのがありがたかった。

「……ありがとう」

私がポツンと言うと、高峰はキョトンとした顔をした。

「なにが？」

「私、なんとなく三年間浮いてたけど、寂しくはなかったから。高峰のおかげ」

そうしみじみと思った。

周りに見られている感覚は不愉快だった。知らない人に声をかけられるのは怖いし、それを無視しても突っぱねても「お高くとまっている」扱いを受けるし、一挙一動になにかしら反応をされてしまったら、もう呼吸の仕方を忘れてしまうくらいに息苦しかった。

課外授業とかで班行動をしろと先生に言われても、私がいると知らない人が寄ってくるから、当然女子からも遠巻きにされて、ひとりで過ごすことが多かった。そうなると男子が寄ってくることが増えて困り果てていたところで間に入ってくれたのは、大概高峰だった。

それに高峰は「うんうん」と頷《うなず》いて私の話を聞いてくれた。普段はお調子者だけれど、人が話をしているときは、ずっと聞き役に回ってくれる。

「んー……じゃあ修学旅行のときは？　君島、水族館に行ったとき、すごい顔して水槽眺めていたのが印象的だったんだよな」

「……私、どんな顔していたの？」

「なんて言うんだろ。この世の終わり、みたいなズーンと暗い顔してた。一番でかい魚の水槽を見ていたときなんて、特にそんな顔していたなと」

自分の顔をじろじろと見られることは今にはじまったことではないけれど、ここまで心境を言い当てられたこともなく、私は頬が熱くなるのを感じた。そこまでわかりやすい顔をしていた覚えもないんだけれど。

私はぐるぐるぐると言葉を探って、口にしてみる。

「……変な話だけれど、あの水槽にいても、あの魚が幸せそうに思えなかった」

「うん」

「あそこ、水が海水なだけで、なにもないじゃない。水槽以外に、本当になにもなかった。そりゃ、海底みたいに岩とか海藻とかがないから、ぶつかって怪我する心配はないかもしれないけれど、見られてる視線から隠れることもできないの……逃げ場のない場所で、見世物にされているのを見たら、まるで……」

まるでそれは、教室にいる自分みたいだ。

そんな自意識過剰な言葉がまろび出そうになり、ぐっと飲み込む。

私の話を相槌を打ちながら聞いていた高峰は「うーん……難しいなあ」とぼやいた。

「水族館って、稀少価値の高い魚や生き物を見世物にしているって非難されるけど、稀少な魚の知識を持っているから。保護している魚を傷つけたくないっていう水族館側の気持ちもわかるんだよなあ」

「……そう」

そこまでは考えていなかったから、高峰の発言に自分の無知を思い知り、縮こまる。私の気持ちは無視して、「でもさあ」と高峰は続ける。

「ひとりぼっちで水槽に放り込まれたら、そりゃ見世物扱いされて可哀想って思うよな。だってどんなに保護って名目でも、ひとりぼっちだし」

その言葉が私に突き刺さる……それは水族館の魚ではなく、私に向けられて言われたような気がしたからだ。

ひとりで勝手に沈んでいる中、「そういえば」と高峰が話題を変える。

「君島はもう受験終わったんだよな。どこの大学？」

「……近所の女子大。就職に強いって聞いたから、ちょうどいいかと」

「そっか。俺はもう就職決めたからなあ。君島はこれから大学生活楽しむのか」

「どうだろうね。どこも皆大変だから、そんなに変わらないと思うよ」

そうしゃべりながらも、そっかと気が付く。

進路が違う以上は、もう高峰ともお別れだと、今更気が付いた。

本当なら卒業アルバム係はあとひとりいたけれど、国立受験に進路変更した関係で、未だに受験が終わらず、係から外れてしまった。けど、そのおかげで私は高校生活で、最後に高峰とふたりで過ごせる時間をもらえた。

彼には感謝してもしきれないし、さっき伝えた言葉よりももっと伝えたいことがあったはずなのに、言葉にできないでいる。

そのまんま黙っていたところで、高峰が「そうだ」と言った。

「さっきの後輩からのカツアゲは嫌がってたけどさ、君島は自分がもらうのはOKなほう？」

「……どういう意味？」

「もしいらないって言われたら悲しいから、どうしようと思ってた。俺の第二ボタンいる？」

先程の名前も知らない後輩は、名前を知らないなりに声が上擦っていたと思うけど。高峰のその提案はあまりにもいつも通りの口調で言うものだから、こちらも拍子抜けしてしまった。

私は少しだけ考えて、先生に渡す分の写真を封筒に入れてから言う。

「私、もらっても困る。失くしてしまいそうだから」

「あー……そっかあ……」

「というより、高峰だったら欲しがる人、割と多そうなんだけど」

「いやいや、いないいない。というか、俺も君島と同じ意見なんですけど」

「えっ？」

「知らない子に欲しいって言われても困るし、渡したい相手じゃなかったら、意味なくないか？」

そりゃそうか。私と同じで、欲しがっているからあげるとかは、できないか。

高峰曰くカツアゲだし。

少し考えてから、私はメモを取り出して、さらさらとペンを走らせた。

普段から私は、スマホの通信アプリのＩＤは人に教えたくない。連絡が付かないと怒られがちだけれど、ただでさえ現実でずっと悪目立ちし過ぎているんだから、アプリでもずっと人に見られているのは落ち着かず、必要に迫られない限り教えていなかった。

多分卒業してからも、ほとんどの人にアプリのＩＤを教えることはないと思う。

「はい、あげる。登録するなり破くなりして」

私がそれを差し出した途端、高峰は目を剝いてうろたえる。いつも陽気だけれどどっしりと構えている感じだったから、こんな態度も取るんだなあと、三年間腐れ縁が続いていたのに、本当に彼のことをなにも知らないままだったんだなと思い知る。

「……マジで？　いいの？　これ、本当に……？」

「いらないんだったら返して。細かく破って捨てておくから」

私が手を伸ばしてメモを取り返そうとする前に、高峰はメモを自分のほうにパッと寄せて、スマホを取り出す。

「いえ、いりますいります……！　今登録してもいい？」

「司書さんに見つからなかったら」

こちらに目もくれずに作業をしている司書さんをちらりと見ながら言うと、慌てて高峰はスマホのアプリを起動させて、私のＩＤの登録を済ませる。

すぐに私のスマホに通知が入った。それを見て私は「あ」と声を上げた。

高峰のアプリのアイコンが、修学旅行で行った水族館の写真だったのだ。

「それじゃ、卒業してからもどうぞよろしく」

そう屈託なく言われて、私は思わず笑ってしまった。

ひとりで勝手に悩んで、ひとりで鬱々としていたのが、本当に馬鹿馬鹿しくなってしまったんだ。

私と高峰が選んだ卒業アルバムの写真は、どれもこれもクラスメイトが満遍なく写っている。その中で、私が写っている写真には全部高峰の姿がある。

私が水族館で今にも死にそうな顔で大きな魚を眺めていたことは、高峰しか見ていないし。高峰がまるで私が死にそうになっているのを笑い飛ばすかのようにわざとらしい能天気な声を上げて、隣で「魚、無茶苦茶大きいな」と言って周りから笑いを取っていたのは、その場にいた班のメンバーしか知らない。

アルバムの中には納まり切りそうもない思い出を、どうやらこれからも共有できそうだ。

とろとろ、そぞろ

日野裕太郎

とろとろと七海《ななみ》は歩き、となりの真央《まお》が話す声に耳をかたむける。

「あれ、このへんって駄菓子屋あったよね、ほら、箱買いさせてくれたとこ、ほら、あったって、このへんだって」

――あそこは駄菓子の問屋だったんだよ。倉庫が小火《ぼや》起こしちゃって、去年引っ越してったよ。

二年前に関西に引っ越した真央の言葉は、どことなくイントネーションが彼の地のものになっている。

「わぁ、焼き鳥屋シャッターだわ、残念！　あそこのネギマおいしかったよね、食べたくなってきたぁ」

――お休みじゃないよ。跡取りいないし、こないだ辞めたんだよ。

七海は通っている高校で、古典舞踊部に在籍している。

他校との交流会があり、奇《く》しくも七海は真央と再会した。

まさか真央も古典舞踊部に入っているとは思わず――それどころか、彼女の引っ越し先が関西だとも、名字が変わったことも知らなかった。

だが真央の印象は、昔と変わっていなかった。

小学校のころ、七海と真央は地元のポートボールチームで一緒だった。週三日の習いごとで、通っている小学校はおなじでも、つき合いがなく初対面同様の間柄——七海たち以外にも、そういうメンバーばかりだった。

「あ、あれ知ってる！　あたし越すとき建ててたやつやん！　列すご！」

——建ったときからおいしいって評判だよ。でもいっつも行列になってるから、あそこのラーメン食べたことあるひと、まわりにいないんだよね。

「なつかしいなぁ、交流会きてよかったぁ」

七海の通う地元高校と、真央の通う関西の高校の教員同士が知己の間柄だった。両校の交流会は今年で三度目である。

交流会は二、三年置きに夏休みに執りおこなわれ、横浜《よこはま》に居を構える古典舞踊の師範のもとを訪ねる。

そこで一泊しながら交流し、現地解散をするのだ。部員にすれば観光旅行と同義で、二年生になった七海はけっこう前から楽しみにしていた。

まさか真央がそこにいるとは思わなかった。

中学三年の卒業式、真央は出席せずに引っ越していった。

元々真央は欠席がちな生徒だった。それが三年生の三学期には学校に顔を出さなくなっており、その理由を七海は知らない。ただ卒業式のあと、あいつ引っ越したんだって、と話す同級生の声を聞いただけだ。

とろとろした歩みのなか、あたりに目をやるふりをして、七海は真央から顔を背けていた。

どこを歩いても、山手線《やまのてせん》の高架になった線路が見えた。

当時とおなじ景色と、違う景色。

それが混ざり合い、忘れかけている夢の断片のようだ。

あたしら小中学校がおなじだったんだよね——交流会の席で真央がそう口にすると、両校の部長たちがふたりで過ごせるように、と気遣ってくれた。

それがいらぬ気遣いだった七海と違い、真央が喜んでいたのは意外だった。

「いま裏方やってんだけどさ、けっこう照明とか楽しくってさぁ」

ずっと返事をしない七海に、真央は延々話しかけてくる。

横目で見た真央は目を輝かせてあたりを見回しており、急に七海は疲れを感じた。楽しそうな真央を無視することに、いささかうんざりしている。

「……関西ってどう？」

のどから押し出すようにした声は、すこし上擦っていた。

「どうっていうか、思ってたほどみんなタコ焼き食べない、週二くらい」

「十分多くない？」

「えー、あたし週四くらい食べるもんだと思ってたよ」

逸らしていた目を真央に向ける。

なつかしく、会いたくない顔だった。

それなのに、ふたりで散策することになるなんて。

交流会のあとにふたりで話せるように、と部長たちが気遣ってくれた理由はわかっている。

ただ同級生だったというだけでなく、ふたりの母校である小中学校は廃校に

「ゴタゴタ？」

「うん、おばばがボケてさ、親がめっちゃ揉めてさ、気がついたらおばばの介護してたおかんが出てってさ、介護したのあたしとねーちゃんなんだよ」

まったく知らなかった。

「まああっちに引っ越して、いま仕切り直して暮らしてるんだよね」

七海はちょっとくちびるを突き出す。わずか数秒の間に、脳裏を中学三年生のころの思い出がよぎっていく。思い出したくもないし、どうしてそれを真央に話す気になったのかわからないが、口が動いていた。

「……私さ、じつは中三のときいじめられてたんだよ」

間を置かず、となりの真央は恐ろしい勢いで七海のほうを向いた。

「まっじ！　誰だよやったやつ！　いまから押しかけてやろっか！」

「え」

「そんで親の前でさ、やったこと洗いざらいしゃべってやろ、嫌がらせするやつって、親にバレるのすっごい嫌がるんだよ！」

親バレは確かに嫌だろう――七海は笑い出していた。真央が真剣そのものに見えたからだ。笑うしかない。

半分は本気なのか、真央は目を三角にしたままだ。

「えー、もしかしてさぁ、ずっと無言だったの、あたしの顔見てそういう嫌なこと思い出してた？」

――主犯は真央だと聞いていた。

七海に嫌がらせをしていた、クラスの派手な子たち。

彼女たちは卒業式のあとに、主犯は真央なのだと告げてきた。

内心ショックだったが、もう彼女たちに関わることはない。在校生からもらった花束で相手のひたいを突き、七海は保護者に紛れるようにして校舎をあとにした――そしてそれ以来、近づこうとも思わなかったのだ。

真央の欠席が増え、教室にいないことが当たり前になったころから、彼女たちは七海への嫌がらせをはじめた。深刻になるほどひどいものじゃない、と当時は自分にいい聞かせたが、思い返すと許せない気分になってしまう。

「笑ってるけどさ、そういうのって嫌じゃない？　中三のとき、うちのねーちゃんが高校で嫌がらせされちゃってさぁ」

「そうなんだ？」

七海から笑いが引いていく。

「ねーちゃんが介護のこと話したら、学校でおしめちゃんって渾名《あだな》つけられて、そこから色々されたんだよね、だからねーちゃん、わざわざおばばのおしめ持ってって、相手にぶん投げたりして、そんで親呼び出し」

「それは……すごいね」

投げられ、教室を飛んでいくおしめを思い浮かべ、なんだか感心してしまう。

「生きてたらそのうち誰だっておしめするんだよ、って啖呵《たんか》切ったんだって」

「未使用？」

「まさか！　使用済みに決まってんじゃん」

七海はまた笑い出していた。相手の反応を尋ねたかったが、溢《あふ》れ出してくる笑い声でままならない。

ふたりで路肩に寄り、笑いの波が収まるのを待った。夕方が近く暑さはやわらいでいるが、笑いながらひたいの湿り気をぬぐっている。

小中学校の建っていたあたりは、金属部品や電器用品店の問屋が多いエリアだった。問屋の並ぶ一帯は住人が減った。子供の数も減り、通っていた小中学校は統廃合の波に流された。

「……あのさ」

中学校のほうは校舎が開放されている。私的にも使えるホールとして貸し出されているのだ。

「いじめと介護、どっちのがきついのかな」

いってしまってから、七海は後悔していた。

「えー、どっちもだよ、決まってんじゃん、あたしピーマンもタマネギも嫌いだけど、どっちもどっちで嫌いだもん、どっちも食べたくない」

質問をした相手が真央でよかったと、つくづく思う。

「ピーマンとタマネギって違うじゃん」

「そう！　違うのにさ、どっちも嫌いってすごくない？　ほんとに食べたくないんだよ！」

笑い声を返事にした七海に、真央も笑いはじめていた。

もしも中学校に上がったころ、おなじクラスになっていたら関係は変わっていただろうか。ポートボールチームに在籍していたころから、真央は自分の意見をまっすぐ口にする子だった。

七海にとっての真央は、きれいなところだけを知っている――そういう存在だった。

汚いところは知らない。

知るほどつき合いがなかった。

知ることに抵抗があって、当時の七海は踏みこんでいかなかった。

いじめの主犯が彼女だと知らされ、ショックを受けた。いじめられるほど真央に嫌われていたのだと、そのことが七海には衝撃的だった。

――彼女がいじめようと思うほど、自分は影響力があった。

思い上がった考えだったが、それは七海の頭から離れずにいた。

主犯が真央なのかどうか、いま尋ねたらきっと彼女はこたえる。おそらくそれは否定だろう。とろとろと並んで歩いた道のなか、彼女から疚《やま》しいものは感じなかった。

きれいな真央しか知らない。

七海は汚い真央も知りたくなっていた。

踏みこめる距離でなくなったいまさらに、だ。

「中学さ、いま教室の公開してんでしょ、いきなりなか見せてくれるのかな」

「見学したいっていったら、見られそうじゃない？　いく？」

真央の返事は聞かなくともわかっていた。

町中の時計を確認すると、真央の帰りの新幹線を意識しなければならない時刻になっていた。すこし早歩きで進み、駅からは距離を感じる場所に建つ校舎に向かっていく。

汗をかきながら到着したそこは、校舎も校庭も以前のままの光景だ。開放されているという看板があり、教室毎に一般向けに貸し出しているらしい。

敷地を歩いている職員に、ふたりで見学の旨を申し出る。即座に了承され、土足でいいという元校舎のなかもまた、ふたりは早歩きで進んだ。

中学三年生当時、割り当てられていた教室に向かった。四階にあるそこは空き部屋で、扉は施錠されていて入れず、ガラス窓からなかをのぞく。

「学校、きたかったんだよなぁ」

「そうなの？」

「なんかさ、授業受けてるだけでいい子だねって言ってもらえるとこに、すっごくいたかったんだと思う、みんないてひとりじゃないし」

「……仲いい子たちに会いたかった？」

「どうなんだろ、あたしん家のこと全然知らないじゃん、みんな、そこがよかったんじゃないかなぁ」

仲がいいとか好きだったとか、そんな返事でなかったことが七海は嬉しい。

暗い感情はおくびにも出さず、窓から離れる。

壁の掲示板には体育館も見学自由とあった。

「体育館見て、それから出よっか」

「だね、新幹線乗らないとなぁ、先輩たちと駅で合流するわ」

通学当時と輪郭がおなじ廊下には、いまはカルチャーセンターの広告などが貼られている。

もう変わってしまった——通った懐かしい場所はもうないのだと痛感した。

「真央ちゃんとおんなじ部活で、びっくりしたよ」

「だね！　七海ちゃんいるの見たとき、なんか幻覚見てるのかと思ったもん」

体育館の扉は開かれていた。厚みのある防火扉はしっかりと固定され、なかにはバレーボールのコートが設置されている。

「ママさんバレーとか？　うちら通ってたときも、剣道とか空手とか、夜に体育館貸し出してたよねぇ」

「……真央ちゃんさ、なんで古典舞踊にしたの？」

「え、七海ちゃんは？」

「ポートボールの監督が、古典舞踊の発表会連れてってくれたの覚えてる？」

「え、あたしの理由ってそれだよ、あのとき舞台で踊ってたひと、すごくお姫さまみたいでキレイだったんだよね」

七海は声を上げて笑っていた——理由がおなじで、驚いている。

小学生当時の七海の目に、艶やかな衣装で人々が舞う舞台は夢のように映った。そうなれるかどうかは考えず、七海は部活に古典舞踊部を選んでいた。

「中学の卒業式、真央ちゃんがいたらよかったかも」

そうしたら、真央を主犯と思って過ごさずに済んだ。しかしもう彼女が主犯だと思わずに済む——そのことが無性に嬉しい。

「だよね、あたしもちゃんと学校いきたかったな、なんか思い出したときさ、楽しくないことばっかになってるんだよね、せっかくの思い出なのに！」

足を踏み入れた体育館は、声が広がっていく感覚がしてなんだか心細い。

「でもそんなの、全部終わったことだよね」

「……もう体育館も、ママさんバレーのものだしね」

「剣道とかもやってるかもよ」

七海を見て笑う顔は、昔の真央の笑顔とそっくりおなじだった。

過去のままのものもある。捨て去るのではなく、終わったそれを踏み台にするのではなく、全部が水面下でつながっている。

だから古典舞踊部に籍を置き、いま母校だった場所に立っている。

「とりあえずさ、七海ちゃんのメアドとかそういうの、教えてよ」

「いいよ。それとさ、真央ちゃんのこと、新幹線のホームまで送っていい？」

「もちー」

全部つながっている。

でももう、七海たちは以前の七海たちではないだろう。

それはこれから確認できる。

緩やかに踏みこめたら、と考えている。

——きれいでも汚くても。

ふたりは小走りで、汗をかきながら母校をあとにしていった。

桜時

朝来みゆか

教壇には立たない。それ以外、校内の用事は何でもやる。

栗林龍二《くりばやしりゅうじ》は用務員として、週に六日の勤務を五十年間続けた。

卒業式の今日は、学校中がにぎわしい。いつもと同じ心持ちを保つために、手を休めずに動き続ける。板張りの廊下に保護者のものらしいスリッパ跡を見つけ、すぐモップで拭き上げる。職員室と応接室の前を通り、昇降口から外へ出ると、薄曇りの空が広がっていた。

気温は十五度前後。作業着では汗ばむ陽気だ。

満開の桜が空に枝を伸ばしている。小彼岸という早咲きの品種で、花は小ぶりだが、淡い紅色が目を楽しませてくれる。咲きこぼれる桜の向こうに、積木を敷き詰めたような町が広がる。

校舎が建つのは、見晴らしのいい丘の上だ。登校時の上り勾配はとにかくきつい。さえぎるもののない風は制服の裾を巻き上げ、髪を乱す。

この立地に文句をこぼしていた一年生が、笑い混じりに登校するようになり、少々の風など気にも留めなくなる。生徒が少しずつ入れ替わっても、繰り返される光景は毎年似ている。

「卒業証書授与」

開け放した講堂の窓から、現校長の声が響く。

常日頃騒いでばかりの生徒たちも背筋を伸ばし、神妙に座っているだろう。

栗林は十五歳でこの中学を卒業した。高校まで出してもらい、実家が営んでいた林業の手伝いに就いた。雲行きがあやしくなってきたのは、二十歳になる頃だ。親が事業をたたむのと前後して、兄と妹はそれぞれ遠くへ越していった。無職となった栗林に用務員の口を持ってきたのは、当時の校長。中学の頃の担任だった。

勤め始めてすぐ、ベンチや靴箱、踏み台をこしらえた。続いて、飼われていたヤギの柵を整えた。当時、校内にはあらゆるものが不足していた。

木材を使って何でも作る栗林をほめそやしてくれる教師もいた。賞賛されるのは落ち着かず、ぶっきらぼうな態度を取るうち、話しかけてくる者は減った。

栗林は変わらなかった。黙々と仕事をこなした。

自分の製作したものを、生徒たちが使ってくれる。それで満足だった。いつしか廉価な品々が並ぶようになり、便利さの一方で世の中は息苦しくなっていった。

式は予定通り進行している。

次は、年度末で退職する教職員の挨拶だ。

自分の名も呼ばれるはずだが、人前に立つのは苦手だし、マイクを持って話すなど死んでも御免だ。姿がなければ、教師たちも察してくれるだろう。

栗林は文化塵取りにまとめた花びらを屑入れに捨てると、講堂に背を向けた。校庭を横切り、小屋へ向かう。二度の建て替えを経て、三代目の普請。台風にもびくともしない頑丈なものになった。作業机と椅子を置いただけの詰所は、広すぎず狭すぎずちょうどいい。

本来、栗林の契約には定年制度がない。今年で七十一歳。まだ辞めるつもりはなかったが、梯子から落ちて傷めた足の治りが遅く、潮時だと悟った。

四月からは新しい用務員が来る。業務引継ぎで顔を合わせた後任の男は、六十になったばかりの偉丈夫だった。彼もこの小屋を安らぎの場とするだろうか。

花は散り、季節は巡る。

去りがたい未練と、居場所がなくなることへの不安を、どうすれば解消できるだろう。

栗林は頭を振り、ペンを持った。

口頭では伝えきれなかった事柄を、用務員マニュアルとして残しておくのだ。

1．昨秋の台風でシマトネリコが傾いた（案内図を参照のこと）。支柱を組んでまっすぐに直した。経緯は以下に記す。

2．裏門近くは、大きな木の枝が密集しがちである。風通しが悪ければ、すなわち風を受けやすく、傾きやすい。日頃からまめに木の手入れをするのが、有効な台風対策である。

腰高窓の外に人影がよぎった。栗林はマニュアル作成の手を止め、顔を上げた。

校庭に出てきた卒業生たちが保護者と記念撮影をしている。人波を器用にかき分け、背広を着た八十島《やそじま》が現れた。まっすぐこちらへ向かってくる。

栗林が扉を開けると、ネクタイをほどきながら入ってきた。

「筆は順調ですか」

栗林は書きかけの紙を裏返し、逆に尋ねた。

「それより式は」

「滞りなく、涙と笑顔のうちに終わりました。震災の後であっても、ウイルスの脅威に脅かされても、卒業の日は来る。未来ある若者を送り出して、今日は同時にこちらも送り出され……胸が熱くなりました。それにしても、十二歳から十五歳までの三年間で、幼かった表情はぐっと大人びますね」

「その分、こっちは年を取る」

「おっしゃるとおりです。で、句会ですけれど、基本は月一回の開催となってますのでね。ちょうどいい頻度ですよ。お待ちしてます」

「行かないよ」

「私の方は、いつだってウェルカムなんですけれどねえ」

国語教師のくせに、妙な言葉遣いをする。

栗林が俳句に取り組み始めたのは、十年前、猫を拾ったのがきっかけだった。

マルと名付けた茶虎の猫だ。寒い時期には暖かく居心地のいい場所を、暑くなれば涼しい場所を見つける。そんな話を国語教師の八十島にしたところ、「それは俳句になりますよ」とそそのかされ、「こたつ猫」という季語を教わった。

長い文章は無理でも、十七音ならばひねり出せる気がした。そう簡単なものではないと知ってもなおやめられない。

「生徒たちも何人か来てくれると言っていました。栗林さんが登場したら、彼ら驚くでしょうねえ。句を詠んで、ますます驚くでしょう。はは、楽しみです」

「行かないったら」

「まあ、そう言わず。一度顔を出してください」

「向いてないんだ……大勢集まるとこは」

八十島の助言はもっともだと思うものが多い。困るのは、仲間に加われという誘いだ。大勢で連れ立って吟行に出かけるのは億劫だし、鑑賞が創作の上達に役立つのだと言われても気が進まない。

「悪いが、まだ仕事があるんだ。お構いできず申し訳ないが」

「そうですか。失礼しました。無理はしないでくださいよ。あ、そうそう、今日わかったことが一つあります」

「何だ」

「人生には区切りというものが必要ってことです」

いかにも含蓄がありそうな言葉を残し、年下の「先生」は帰っていった。

卒業式の翌日からも、栗林は連続で出勤した。

校舎内を雑巾で拭き清めて回り、いよいよ最終勤務となる三月三十一日。

「咳一つ……校舎震える春休み……」

五・七・五のリズムをつぶやきながら、校庭を箒で掃く。

ひと気がない春休みの学校に、咳の音が響くさびしい様子を表現したつもりだが、八十島には「地震と誤読されますよ」と言われるかもしれない。どうするか。

考え込んだ栗林の視界に、私服姿の少年が飛び込んできた。ここの生徒ではない。でも、どこかで見かけた顔だ。栗林と目が合うなり、少年は身体をこわばらせた。

栗林は優しい声を作って言った。

「今、休み中だから、先生はいないんだ。もし用があるなら聞く」

「あ、えっと、僕、四月からここに通うことになってて……入学式の前に見ておきたくて……川瀬悠馬《かわせゆうま》っていいます」

「そうか」

正門をくぐって現れたのは、中年の男だった。

悠馬の父親だろう――やや強い風が吹き、栗林の記憶がよみがえる。間違いない。授業時間にも頻繁に栗林のところへ来ていた川瀬恭介《きょうすけ》だ。

落ち着いた色のトレーナーにコートをはおった恭介が、栗林を認めて笑った。

「おじさん！」

お前こそすっかりおじさんじゃないか、そう言いたくなるのをこらえ、栗林はうなずいた。

「久しぶりだな」

「はい」

元気なのは見ればわかる。父親として立派に、息子を育てていることも。伴侶は同行していないようだが、幸せな暮らしがうかがえた。

「みかん食うか」

「え？　ああ、すみません。では、遠慮なく」

「段差、気をつけろよ」

八十島にも茶の一杯くらい出すべきだったな、と思いながら、川瀬親子を小屋に招き入れる。

「懐かしいですね、この感じ。……あれ、バージョンアップしてますか？」

「わかるか」

「はい」

机に、三つ分のみかんの皮が広がる。その酸味をしばらく味わう。

悠馬がおずおずと視線を巡らせた。

「お父さん、いつもここに来てたの？」

「そうだよ」

「へえ……授業中じゃないよね？」

「ん、まぁ、どうだったかな」

「えー、サボってたの？　もしかして不良だったの？」

悠馬の反応からして、恭介は自分のことをあまり話していないようだ。

不良ではなかった。善良で、弱々しい少年だった。

まぶたを閉じると、昨日のように思い出される。

目を開ければ、二十余年のときを経た恭介がいる。きちんと敬語を使うようになって、立派な息子まで引き連れて。

――生き抜いたんだな。

栗林は茶をすすった。

父親の若い頃について聞き出すのをあきらめたのか、悠馬はみかんの残り一房を口に入れると、栗林の方を向いて言った。

「僕もこれからときどき来ていい？　おじさんの邪魔はしないから」

「……明日からは、別の人間がここに座るよ」

「え」

親子が声をそろえる。

「俺は今年度で退職だ」

「そうなんだ……」

落胆を隠さない悠馬の頭に、ぽん、と恭介が手を置いた。

「いいことを思いついたぞ」

「何？」

恭介が栗林を見据え、口角を上げた。

「一緒に卒業式をやりましょう。俺、昔、出なかったんです。きっとおじさんも出てないでしょう？」

「そういうかしこまったものは好きじゃない」

「やっぱり。そう言うと思いました。おじさんは自由でしたから」

「けなしてるのか」

「違いますよ。昔から、おじさんの小屋で過ごす時間が唯一安らげた。きっとおじさんの周りの空気が、自由だったからだと思うんです」

恭介の親は厳格だった。行事で学校へ来る度、息子を叱責していた。日常でもそうなのだろうと思わせる口ぶりだった。

栗林の物思いを見透かしたように、恭介が口を開いた。

「親父は去年死にました。……一応、息子としての務めは果たしたつもりです」

「そうか。偉いな」

「あんな親にはならないようにしようって、そう思ってこいつを育ててます。でも、自分の中に親父の血が流れてるのをときどき感じて嫌になるんです」

重い言葉を淡々と語る。栗林は首を横に振った。

「親に余裕がなければ、子に伝わる。がんばりすぎるな」

「……はい。昔も、おじさんが俺を救ってくれました。学校は就職のために行く場所じゃない、って言ってくれて……憶えてますか？」

「忘れたよ」

「そうですか。まぁ、いいんです。俺は憶えてるから」

照れ隠しではなく、本当に憶えていなかった。

生徒を導くのは教師の役目。用務員の仕事は金のため。生活のため。

四十年前のすさんでいた自分が、十代の少年に影響を及ぼしていたとは。

「おじさん、卒業おめでとうございます。長い間、お疲れさまでした」

「よしてくれ」

卒業証書を受け取ったような照れくささと、確かな幸せを感じる。

「……さ、そろそろいいか。後任の人間に伝えておく。四月から、何かあったらここで休んでいけ」

「ありがとうございます」

すっかり親の顔をしている恭介と、恭介を信頼している悠馬の声が重なった。

いいなと思った。

栗林の人生には与えられなかったものを、二人は確かに手にしている。

生まれてくるはずだった子を死産という形で亡くし、夫婦仲が冷え込み、妻と別れた。この世に地獄があるのなら、あの日々がきっとそうだった。

当時の自分に言ってやりたい。

大丈夫だ。お前は、お前の仕事をしろ。

おごらず、求めすぎず、ただ手を動かせ。

出会いは実る。思いがけない再会が、最後の日に待っている。


守衛に鍵を返し、栗林は正門を出た。もうやり残したことはない。

川瀬親子の背中がないかと探したが、とっくに帰ってしまったようだ。風が吹きわたるだけで、人影は見当たらない。

慎重に坂を下りる。膝の痛み、足腰の弱りはいかんともしがたい。明日は、マルに起こされるまで朝寝坊しようか。長い春休みが始まるのだ。少しのんびりしてもいいだろう。

丘を振り仰ぐと、校舎を囲む桜が輝いていた。まるで灯台だ。名残の夕日に照らされ、新しい生徒たちを待っている。

栗林は息を大きく吸い、背筋を伸ばした。そして、ゆっくり頭を下げた。この気持ちを十七音で表すことなどできやしない。でも、どうにかして句をひねり出して、八十島に連絡するだろう。少々しゃくではあるが。

風が強くなってきた。履き古した靴の先に、花びらが舞う。まだ散ってくれるな、と願いながら、栗林は頭を下げ続けた。顔に血が集まってじんわり熱を持ってもなお、その姿勢を変えずにいた。

まなびやの鍵束返し桜時

この物語はフィクションです。

実在の人物、団体等とは一切関係がありません。

本作は、書き下ろしです。

PROFILE 著者プロフィール

春告草の式日

沖田円

愛知県安城市出身。著書に『僕は何度でも、きみに初めての恋をする。』『神様の願いごと』『千年桜の奇跡を、きみに 神様の棲む咲久良町』『猫に嫁入り～黄泉路横丁の縁結び～』（以上スターツ出版）などがある。

その扉を開く

杉背よい

著書に『あやかしだらけの託児所で働くことになりました』（マイナビ出版ファン文庫）、『まじかるホロスコープ☆こちら天文部キューピッド係』（KADOKAWA）など。石上加奈子名義で脚本家としても活動中。

さよならの勇気

桔梗楓

恋愛小説を中心に執筆。趣味はコンシューマーゲームとレジン制作。著書に『河童の懸場帖 東京「物の怪」訪問録』（マイナビ出版ファン文庫）、『京都北嵯峨シニガミ貸本屋』（双葉文庫）ほか。

私の胸のアレオーレ

一色美雨季

『浄天眼謎とき異聞録～明治つれづれ推理』で第2回お仕事小説コングランプリを受賞。その他著書に『吉原水上遊郭まやかし婚姻譚』（ポプラ文庫ピュアフル）など。美雨季名義でノベライズも手掛ける。

あなたが遺した北極星

溝口智子

星新一のショートショートを読んで育つ。小学校五年生まで、工場には人が居ず、フルオートメーションが当たり前だと思っていた。マイナビ出版ファン文庫に著作あり。お酒を愛す福岡県在住。ちゃぶ台前に正座して執筆中。

わたしの青春を返せ

国沢裕

日本心理学会認定心理士。拳法有段者。懸賞マニア。著書に『魔女ラーラと私とハーブティー』『迷宮のキャンバス』（ともにマイナビ出版ファン文庫）のほか、恋愛小説も多数執筆。読書と柑橘類と紅茶が好き。

小さな卒業式

水城正太郎

『東京タブロイド』（富士見ミステリー文庫）でデビュー。代表作『いちばんうしろの大魔王』（HJ文庫）。鎌倉在住。コーヒー愛はそれなり。とはいえ他のカフェイン摂取手段は好まず。

春の歌

霜月りつ

富山県在住。校歌ってなんだか元気がでますよね！でも大分うろ覚え……。「神様の用心棒」シリーズ（マイナビ出版ファン文庫）、『百華後宮鬼譚』（ポプラ文庫ピュアフル）などがあります。

翼があるなら

猫屋ちゃき

乙女系小説とライト文芸を中心に活動中。2017年4月に書籍化デビュー。著書に『こんこん、いなり不動産』シリーズ（マイナビ出版ファン文庫）『扉の向こうはあやかし飯屋』（アルファポリス）などがある。

アルバムには納まり切らない

石田空

『サヨナラ坂の美容院』（マイナビ出版ファン文庫）で紙書籍デビュー。著作は『神様のごちそう』（同上）、『縁切り神社のふしぎなご縁』（一迅社メゾン文庫）、『吸血鬼さんの献血バッグ』（新紀元社ポルタ文庫）。

とろとろ、そぞろ

日野裕太郎

東京都葛飾区在住。家でもおもてでも、猫を見かけるとそのあとを追って歩いています。著作は『夜に誘うもの』（徳間文庫）など。日野裕太郎・日野さつき名義を使い、現在恋愛小説を中心に活動中。

桜時

朝来みゆか

2013年から、大人の女性向け恋愛小説を中心に活動中。富士見L文庫にも著作あり。ペンネームは朝型人間っぽいですが、現実は毎朝ぎりぎり。玄関を出てから忘れ物に気づくのはもう卒業したいです。

Fan
ファン文庫
TearS

卒業式であった泣ける話

2021年２月28日　初版第1刷発行

著　者　朝来みゆか／石田空／一色美雨季／沖田円／桔梗楓／国沢裕／霜月りつ／杉背よい／猫屋ちゃき／日野裕太郎／水城正太郎／溝口智子
発行者　滝口直樹
編集　ファン文庫Tears編集部、株式会社イマーゴ
発行所　株式会社マイナビ出版
〒101-0003　東京都千代田区一ツ橋二丁目6番3号 一ツ橋ビル　2F
TEL　0480-38-6872（注文専用ダイヤル）
TEL　03-3556-2731（販売部）
TEL　03-3556-2735（編集部）
URL　https://book.mynavi.jp/

イラスト　sassa
装　幀　坂井正規
フォーマット　ベイブリッジ・スタジオ
DTP　田辺一美（マイナビ出版）
印刷・製本　中央精版印刷株式会社

 ISBN978-4-8399-7515-9
Printed in Japan

ファン文庫 TearS

旅先であった泣ける話
そこで向き合う本当の自分

著者／南潔・猫屋ちゃき・迎ラミン　ほか
イラスト／456

あなたが最後に泣いたのは、
いつだったか覚えていますか？

いつもとは異なる環境に身を置くことで
見えてくる、自分の新しい側面。
そして、新しい人との出会い。